『リア王』

七五調訳シェイクスピア
シリーズ〈3〉

今西 薫

JN061790

目次

登場人物

[主要人物]

リア王	イングランド王
ゴネリル	リア王の長女
リーガン	リア王の次女
コーディリア	リア王の三女
道化	リア王専属の宮廷道化師
オルバニー（公爵）	ゴネリルの夫
コンウォール（公爵）	リーガンの夫
ケント（伯爵）	リア王の家臣
グロスター（伯爵）	リア王の家臣
エドガー	グロスター伯爵の長男
エドマンド	グロスター伯爵の次男（婚外子）
オズワルド	ゴネリルの執事

[その他]

老人	グロスター伯爵の小作人
医者	リア王のために付けられた医師
隊長	エドマンドの家臣
紳士	リア王側の騎士
フランス王	コーディリアの夫
バーガンディ（公爵）	コーディリアの求婚者
カラン	宮廷人

使者　伝令　リア王の騎士たち　将官たち　兵士たち
従者たち

［場所］イングランド

第1幕

リア王の宮殿　謁見の間

（ケント　グロスター　エドマンド登場）

ケント

リア王は　コンウォール公
それよりも　オルバニー公
お気に入りだと　思っていたが ……

グロスター

確かに誰の　目にもまた　そう見えた
しかし　今　王国の　分割となり
どちら重んじ　なさるのか ……
両公の　分配は　均等で
天秤にかけ　量ってみても
軽重などは　分かるまい

ケント

こちらへと　来られるの　ご子息で？

グロスター

7

育て上げたの　私です

あれを我が子と　認めるに

何度　赤面　したことか

それでもう　今　鉄面皮[1]

ケント

おっしゃることを　確（しか）とニンシキ[2]　できません

グロスター

この子の母に　できちゃって

腹はどんどん　丸く大きく　なってきて

結婚も　していないのに

ベビーベッドに　息子が寝てた

不実の臭（にお）い[3]　しないかね？

ケント

不実の結果　これほどの　結実ならば

私には　羨望（せんぼう）の念　禁じ得ません

グロスター

実のとこ　私には

一年前に　長男が　できており

可愛さの順　つけ難い

こいつときたら　呼んでないのに

この世に生まれ ……

1　恥を恥とも感じないこと
2　原文 "conceive"「認識する」/「妊娠する」二重の意味
3　シェイクスピアはよく「悪臭」を「罪」に喩える

しかしだな　これの母親　絶世の　美女だった
この子作りに　際しては
極上の　快楽を　味わった
そういうことで　認知せざるを　得なかった
［エドマンドに］エドマンド　この方を
おまえは存知　上げてるか？

エドマンド

いいえ　まだです

グロスター

この方は　ケント伯爵
わしが敬愛　する　友として
心に留め　おくがよい

エドマンド

どうぞよろしく　願います

ケント

お近づきにと　なるのなら
きっと懇意に　なるだろう

エドマンド

そのお気持ちに　お応えいたす　所存です

グロスター

この息子　九年間は　外国暮らし
またすぐに　行かせるつもり
ああ　王の　お出ましだ

（［ファンファーレ］　リア王
　コンウォール　オルバニー　ゴネリル
　リーガン　コーディリア　従者たち登場）

リア王

　フランス王と　バーガンディ公
　案内を　頼んだぞ　グロスター伯

グロスター

　はい　陛下　仰せの通り

（グロスター　エドマンド退場）

リア王

　その間　胸に秘めたる　計画を　語っておこう
　そこにある地図　こちらに寄こせ
　我が王国を　三分割に
　したことを　ご存知だろう
　我が固い　決意とは　老齢になり
　国事のことや　雑事を逃れ
　若い力に　それらを譲り　重荷下ろして
　死への旅路に　安らかに　出向きたい
　我が婿の　コンウォール公
　彼に劣らず　大切な　婿殿の　オルバニー公
　今わしは　娘らの　それぞれに

贈る贈与の　分配を　公表いたす

将来の　揉め事を　これで防げる　ことになる

フランス王と　バーガンディ公

末娘　得ようと競い

長期滞在　なさっているが

今日　決着を　させましょう

さて　おまえたち　権力　領土　政治のことも

今ここで　譲り渡そう

それにつき　娘らの　誰が一番　わしのこと

大切に　思っているか　言ってみよ

親思う　最大の　情ある娘

最大の　贈与約束　されておる

長女ゴネリル　心の内を　一番に　語ってみせよ

ゴネリル

お父さま　それはもう

言葉に出して　言えぬほど

お父さま　ただ一人　お慕い申し　上げてます

目に映る　喜びよりも　私個人の　自由より

高価で　貴重な　物よりも

慈悲深く　健康や　美や名誉ある

お方とし　敬ってます

子が父に　捧げる愛も

これほどのもの　類はない

息が詰まって　言葉には　ならぬほど

情愛を　心しっかり　抱いてる
筆舌に　尽くせぬほどの　愛　溢れ

コーディリア

［傍白］私はなんて　言ったらいいの？
コーディリア　愛は心に　あるものよ
言葉になんて　ならないわ

リア王

［地図を指し示し］すべての領土　そのうちの
ここの線から　ここまでの
緑の森と　豊かな平野
幸多き川　広大な　牧草地
これら皆　おまえに与え
オルバニーとの　子孫がそれを
受け継ぐことに ……
コンウォールと　結ばれた
次の娘の　リーガンよ
おまえは何と　語るのか？

リーガン

姉上と　まったく同じ
それゆえに　同等に　評価　お願い　いたします
姉上は　私の思い　そのままに
お伝えに　なりました
付け加えると　するならば
私には　親孝行が　唯一の　幸せで

　それを邪魔する　喜びなどは

　私の敵で　ございます

　お父さまには　そのこと知って

　いただけるなら ……

コーディリア

　［傍白］次は私の　番なのね

　惨めな気持ち　コーディリア

　親思う　気持ちなど　口では言えぬ　ものなのに

リア王

　リーガンと　その子孫には

　豊かなる　我が王国の　1/3　与えよう

　その広さ　価値　満足度でも

　ゴネリルに　引け取らぬ

　さて最後だが　我が喜びの　種である　末娘

　ブドウ畑の　フランスと

　バーガンディの　牧草地

　競い合ってる　おまえだが

　姉たちよりも　実り豊かな　1/3

　その土地を　自分のものに

　するために　さあ言うがいい

コーディリア

　何も言うこと　見つかりません

リア王

　何もだと？

コーディリア

　はい　何も

リア王

　何もないなら　もらえる物は　何もない

　言い直し　するように！

コーディリア

　不幸にも　私（わたくし）は　心の内を

　口に出すなど　できません

　父親である　お父さまには

　子の務めとし　心から　情を捧げて

　おりますわ　それだけなので……

リア王

　おいおい　おまえ　コーディリア

　言い直しては　どうなのか？

　おまえの贈与　台無しに　したくないなら……

コーディリア

　お父さま　私（わたくし）を生み育て

　慈（いつく）しみ　くださいました

　その御恩には　報いることは　当然のこと

　従順であり　敬愛し

　心から　お慕い申し　上げてます

　お姉さま方　ご結婚　なさってるのに

　どうしてすべて　犠牲にし

　お父さま　お一人に

　捧げるなんて　言われるの？

　私_{わたくし}ならば　夫がいれば

　その人に　半分は　愛情注ぎ

　務めさえ　半分ずつ　いたします

　お父さま　お一人が　すべてなら

　私なら　結婚などは　しないはず

リア王

　その言葉　本心なのか？

コーディリア

　はい　お父さま

リア王

　その若さにて　それほど頑固？

コーディリア

　この若さゆえ　この真実_{まこと}

リア王

　それならば　勝手にいたせ

　その真実_{まこと}　持参金に　すればよい

　太陽の　神聖な　輝きに

　暗黒の　女王である　ヘカティにも懸け

　我々の　生と死を　司_{つかさど}る

　天体の　動きにも懸け

　今ここで　父からの　思いやり

　血の繋がりも　断つことを　宣言いたす

　今後一切　おまえのことを

赤の他人と　いたすぞよ
腹が減ったら　自分の親も
食い殺す　スキタイ人を
隣人として　抱きしめて
憐れみもって　助けるほうが
今までは　娘であった　おまえより
はるかにましだ！

ケント

ああ陛下　一言だけを！

リア王

黙れ！　ケント
我が王冠の　紋章の
ドラゴンの　逆鱗に　触れるでないぞ！
わしはなあ　この娘一番
目にかけて　おったのだ
余生を任せ　世話になろうと　思っておった
［コーディリアに］出て行け　ここを！
おまえなど　目障りだ
わしの安らぎ　もう墓だけだ
今やこの娘に　父親の情
向けないことに　なったから
フランス王を　ここに呼べ　さあ早く！
バーガンディ公　コンウォール公　オルバニー公
今すぐここへ　お呼びしろ

　　二人の姉に　与えた領地

　　三番目のを　併合いたす

　　真実だと　あの娘が申す　高慢を

　　結納に　するがいい

　　お二人に　権力と　王の位と

　　それにまつわる　事すべて　譲り渡そう

　　このわしは　両公の　出費負担で

　　騎士百名を　供として　月毎に　交代制で

　　お二人の　館で暮らす　ことにする

　　わしが持つもの　名目上の

　　王の資格　それだけだ

　　実質上の　執行権や　財産管理

　　その他　すべても　お二人に　委ねよう

　　この王冠も　同様だ

ケント

　　偉大なる　陛下リア王　国王として　尊敬し

　　父とも思い　お慕いし　ご主人として　お仕えし

　　後見人と　奉り　いつもお祈り ……

リア王

　　弓は引かれた　矢面に　立つでない

ケント

　　矢を放つなら　なされるがいい

　　この胸を　矢尻が射ると　言われても

リア王が　キョウキ[4]でいると

私としても　礼節を　忘れます

何をなさる　おつもりか　ご老人

権力が　お世辞　おべっか　屈するのなら

忠誠心が　口を開くの

恐れるとでも　お思いか!?

王が愚行に　走るなら

諫（いさ）めることが　臣下の務め

王国を　手放すなどは　軽挙妄動（けいきょもうどう）

そのお言葉は　撤回されよ

我が命懸け　申します

末娘　コーディリアさま

声のトーンが　低いから

親思う　心が空（から）だと　思うなら

それはまさしく　分別のない　空騒（からさわ）ぎ

器（うつわ）が空（から）で　あればあるほど

よりよく響く　例えあり

リア王

ケント　命惜しくば　口を慎め！

ケント

私の身　ポーン[5]と同じ

4　「狂気／凶器」の二重の意味
5　原典 "pawn"「命をかける」／チェスの駒［将棋の「歩」に
　匹敵する］との二重の意味

あなたの敵と　戦うために　懸けた命だ

今さら何を　ためらおう　王の安泰　何より大事

リア王

目障りだ！　とっとと失せろ！

ケント

目を見開いて！　リア王よ！

これからも　どうか私を

王の視線を　目の盲点の⁶　中心に

導く者と　させたまえ

リア王

言われた通り　しなければ

誓って　おまえ……

ケント

いかに神にと　誓われようと

神は戯言（ぎれごと）　お聞きには　なりますまい

リア王

身のほどを知れ！　無礼者！

［剣の柄に手をかける］

オルバニー＆コンウォール

寛容の　お気持ちで！

ケント

かかりつけ医を　殺したあとで

──────────

6　裏の意味「忠心」

疫病に　礼金を　お払いなされ

先ほどの　贈与の話　撤回なくば

声を限りに　言い続けねば　なりません

王の決断　悪行と！

リア王

よく聞くのだぞ！　裏切り者め！

忠節を　尽くすなら

これが最後だ　聞き逃すなよ

おまえはわしの　宣言を　覆そうと　試みた

誰しも未だ　したことがない

さらにまた　我が宣言と　権力に

立ち向かおうと　挑んだな

王として　その実権と　立場上

許容範囲を　超えている

わしの権力　いかほどなるか

思い知らせて　やるからな

今日より五日　猶予与える

災い避ける　準備をいたせ

六日目に　この国を去れ

十日経ち　追放の身が　この国に　あったなら

即刻　死刑　執行いたす

ジュピターに懸け　このことも　取り消すことは

7　ローマ神話：気象を司る神

一切ないぞ　去れ　ケント！
ケント

では これで　お暇<ruby>暇<rt>いとま</rt></ruby>を

王がそれほど　片意地ならば

この国からは　自由消え　追放のみが　残るはず

［コーディリアに］　神があなたを

神聖な　安息の場へ　お導き　なさるはず

思慮深さ　その言葉にも　心打たれた　私です

［ゴネリルとリーガンに］

ご立派な　スピーチからは

行動生まれ　愛の言葉が　良き結果

生んでくれると　願っています

では　御一同　これでケントは　失礼します

新たな国で　古き生き方　続けます

（ケント退場）

（［トランペットの音］　グロスター

フランス王　バーガンディ　従者たち登場）

グロスター

フランス王と　バーガンディ公　お越しです
リア王

娘のことで　フランス王と

競ってられる　バーガンディ公
　　先に貴殿に　お尋ねするが
　　持参金とし　最小限で　いかほどを　お求めか
　　それともすでに　求婚は　願い下げ？

バーガンディ

　　国王陛下　呈示なされた　物よりは
　　多く望みは　いたしませんが
　　少なくなるのは　困りごと

リア王

　　バーガンディ公　娘のことが　大事なときは
　　「困りごと」など　予想外
　　今やその値は　地に落ちた
　　娘はそこに　小さな体　その中に
　　真実(まこと)あるかは　存ぜぬが
　　わしの不興(ふきょう)が　体中　満ち溢れてる
　　持参金とは　それだけだ
　　それで良ければ　あなたのものだ

バーガンディ

　　何と答えて　いいのかと　戸惑って　おりまする

リア王

　　さあどうなさる？　友もなく　欠点だらけ
　　親からは　嫌悪され　呪いの言葉　持参金
　　確(しか)と勘当　した娘　結婚するか　しないのか？

バーガンディ

残念ながら　そのような
条件ならば　受け入れるのは　困難ですね

リア王

そうならば　引かれるがいい
神に誓って　申し述べるが
末娘　持つ財産は　その身一つだ
[フランス王に]　さて　王よ
日頃の仲を　考慮いたすと
こちらから　嫌う娘を
もらってくれと　言えはせず
願わくば　天が恥じ入る　娘より
価値ある女性を　お求めに

フランス王

奇妙なことを　申される
この娘さま　今の今まで　最大の　ご寵愛
誉めそやされて　余生の綱と
目された方　急転直下
幾重にも　包む恩顧を　剝ぎ取られるは
さぞかし罪は　想像絶す　ものでしょう
さもなくば　吹聴された　これまでの
王の愛情　そのものが　偽りとなる
奇蹟でならば　起こるかも
理性では　到底理解　できません

コーディリア

陛下　お願い　ございます

確かに私　思っていても　言葉巧みに

言えないことは　言えません

良いと思えば　話すより　先に行動　いたします

ご寵愛　失いました　その理由　悪徳や　人殺し

淫らな行為　恥ずべき所業　ではなくて

物欲しそうな　顔つきや　饒舌さ

その点が　欠けているから　お怒りならば

そうおっしゃって　いただけません？

リア王

わしの気に　入られるよりは

生まれてなどは　来なければ　よかったことだ

フランス王

ただそれだけの　ことですか？

控え目な　性格で

思ったことも　口にできずに　黙してる

バーガンディ公　コーディリアには

どう話される　おつもりか

肝心な点　置き去りにして

雑念が　入り込んだら

愛情は　愛情などと　申せまい

彼女自身が　持参金　結婚される　お気持ちは？

バーガンディ

陛下がかつて　約束された　分だけを

　　頂けるなら　王女さま　申し受け
　　バーガンディ　公爵夫人に　いたします

リア王

　　わずかでさえも　与えぬぞ　今ここで　申した通り

バーガンディ

　　では　しかたない　父君（ちちぎみ）を　失くされた
　　それゆえに　あなた夫を　失った

コーディリア

　　ご安心　くださって　結構ですよ
　　バーガンディさま
　　財産と　結婚なさる　お方の妻に
　　なりたいなどと　思っては　おりません

フランス王

　　麗（うるわ）しの　コーディリア　今あなた
　　貧しくなって　より豊か
　　見捨てられ　より尊ばれ
　　軽蔑されて　より愛される
　　そんな人にと　なられたのです
　　あなたの美徳　そのままに
　　私の胸に　抱きしめましょう
　　捨てられたもの　私が取るの　やましくはない
　　神々よ　不思議なことだ
　　女が一人　冷酷に　あしらわれ
　　それで火がつき　我が愛の

心の芯に　火が燃え盛る

持参金ない　娘を王は　私のもとに　投げ出され

あなたはここに　晴れやかな

フランス王妃に　なられましたぞ

バーガンディ[8]の　水っぽい　公爵が

束になり　値がつかぬほど　高価な娘

買い求めても　買えはせぬ

情<ruby>情<rt>じょう</rt></ruby>のない　人たちですが

コーディリア　さあ　お別れの　お言葉を

この地失い　さらに良い地が　待っている

リア王

その女　あなたのものだ　フランス王

ご自由に　なさるがよいぞ

私には　そんな娘は　おらぬから

二度と顔など　見たくない　だから行け！

慈悲や愛　祝福も　何もない

さあ行こう　バーガンディ公

（［ファンファーレ］　リア王　バーガンディ

コンウォール　オルバニー　グロスター

従者たち退場）

8　低地帯、湿地が多い

フランス王

　［コーディリアに］

　お姉さまらに　お別れの　挨拶を

コーディリア

　お父さまには　宝石の　お二人に

　涙ながらに　お別れします

　お姉さまらの　人柄は　分かっています

　妹として　その欠点を

　上げつらうなど　したくはないの

　お父さまを　どうかよろしく　願います

　打ち明けられた　胸の内

　言葉通りと　信じています

　悲しいことに　ご機嫌損ね

　お父さまには　相応しい　所へと

　お連れすること　叶わない　では　さようなら

リーガン

　あなたなんかに　指図されるの　心外よ

ゴネリル

　ご主人の　ご機嫌も　損ねることが

　ないように　気をつけるのが　まず大事

　あなた運良く　拾われたのは

　天の気まぐれ　お情けなのよ

　あなたには　従順さ　欠けている

　欠けてるせいで　贈与まで

欠けたのよ　自業自得よ

コーディリア

　いくら巧みな　コーティング　施こそうとも

　「時」というもの　その内実を　暴露しますわ

　くれぐれも　お大事に

フランス王

　参りましょう　我がコーディリア

　（フランス王　コーディリア退場）

ゴネリル

　私たちには　大事なことで

　話したいこと　あるんだけれど

　お父さま　今夜にも

　ここをお発ちに　なるはずよ

リーガン

　間違いないわ　まず手始めは　お姉さま

　来月は　私の所

ゴネリル

　お年のせいで　気まぐれは　ひどいわね

　最近は　特にひどくは　ないかしら

　今まで一番　可愛がってた　妹を

　判断力を　失って　放り出すなど　狂気の沙汰よ

リーガン

老いぼれたって　ことなのよ

でも昔から　自分のことは　見えてない

ゴネリル

一番元気　分別盛り

その頃も　激情型で　むら気だったし

今　年を取り　抑制が　効かなくて

深く根づいた　性格の　歪み大きく　なっている

体が弱り　癇癪を　起こしたならば

目も当てられぬ

リーガン

ケント追放　いい例よ

私たち　いつ逆上の　発作によって

逆鱗に　触れるかどうか　分からない

ゴネリル

お父さま　フランス王との　お別れの

ご挨拶　あるはずよ

しっかりと　手に手を取って　参りましょうね

権力を　譲ったあとで　今のよう

勝手気ままに　振る舞われたら

譲られるのも　迷惑なこと

リーガン

そのことは　よく考えて　おきましょう

ゴネリル

悠長なこと　言ってる暇は　ありません

鉄を打つのは　熱いうち

(ゴネリル　リーガン退場)

グロスター伯爵の居城

(エドマンド　手紙を持って登場)

エドマンド

おお　大自然　おまえこそ　俺の女神だ
おまえの掟（おきて）　それだけに　俺は従う
どうして俺が　古いしきたり　縛られて
父の遺産を　継ぐ権利　奪われる？
たった一年　兄より遅く　生まれただけで？
私生児だから？　賤しい生まれ？
体　健康　心健やか　父親似だし
つつましやかな　ご婦人の
息子とどこが　違うんだ？
なぜ　決めつける！
賤しい　下賤（げせん）　私生児と！
俺たちこそが　自然のままの
情欲が　もたらした

30

健全な　肉体と　エネルギッシュな

性格を　備えてる

退屈で　味気ない　ベッドの中で

眠っているか　起きてるか　分からぬうちに

できた間抜けと　大違い

そういうわけで　嫡男の　エドガーよ

おまえがもらう　親父の領地

この俺が　頂くからな

私生児の　エドマンド　親父の愛は

嫡男の　おまえには　負けないぞ

たいそうな　お言葉だ　「ご嫡男」とは！

見てるがいいぞ　この手紙

俺の計画　成功すれば　私生児の　エドマンド

嫡男の　エドガーを　蹴り飛ばす

俺は世に出て　成功するぞ

神々よ　私生児たちに　応援を！

（グロスター登場）

グロスター

ケント追放　フランス王は

気分を害し　ご帰国に

それに加えて　王は昨夜に　ご出立

王権を制限し　自らの

生活費さえ　受給にすると

　　これみんな　突然のこと

　　おや　エドマンド　どうかしたのか！

　　何かあったか？

エドマンド

　　［手紙を仕舞い込む］

　　いいえ　父上　特には何も

グロスター

　　それなら　なぜだ?!

　　そんなに慌て　その手紙　仕舞い込むのは……

エドマンド

　　手紙など　とにかく何も

グロスター

　　それでは何を　読んでいた？

エドマンド

　　いえ　何も

グロスター

　　何もだと?!　それなら　なぜだ！

　　慌てふためき　ポケットへ　隠し入れたか？

　　何でもないと　言うのなら

　　隠す必要　ないはずだ

　　見せてみろ　そんなものには

　　眼鏡など　要らないだろう

エドマンド

　お願いします　それだけは

　兄からの　お手紙でして

　まだ全部　読み終えて　いないのですが

　察するところ　お父上には

　お見せするべき　ものでない

グロスター

　つべこべ言わず　見せなさい

エドマンド

　お見せしようと　見せまいと

　ご不興を　買うことに

　その内容の　一部さえ　お察しするに　余りある

グロスター

　早く見せんか！　今すぐに！

エドマンド

　兄上の　弁護のために　一言申し　添えますが

　これを書かれた　その理由

　兄上は　私の孝心　試そうと　なさったのです

グロスター

　[読み上げる]

　「老人を　敬うという　しきたりのため

　人生の　盛りに暮らす　我らには

　この世は苦い　ものである

9　親に孝行を尽くそうという心

世襲財産　遠くにありて

手にしたときは　我らも老いて

それを楽しむ　ことできず

権力握る　年寄りどもの　横暴を　耐え忍び

隷属するは　愚かなことだ

この件につき　話したい

もしあの父が　起こすまで

眠り続ける　ようならば

遺産の半分　おまえのものだ

そして兄には　可愛がられて

暮らせるぞ　エドガーより」

何てこと！　陰謀だ！

「起こすまで　眠り続ける　ようならば

遺産の半分　おまえのものだ」

我が息子　エドガーが！　これを書く手を

これ企てる　心と頭　持っていた？

いつこれを　受け取った？　誰が届けた？

エドマンド

届けられたり　してません

そこが巧妙　なのですが

部屋の窓から　投げ込まれ……

グロスター

筆跡は　兄のもの？

エドマンド

内容が　良いものならば

きっとそうだと　言えたのですが

そうではないし　微妙です

グロスター

あいつの字　確かなのだな

エドマンド

兄の字ですが　内容からは

兄のものとは　思えませんが……

グロスター

この件を　今までに

仄(ほの)めかすこと　あったのか？

エドマンド

いえ何も　しかしよく　聞いたのは

熟年に　息子がなって　父親が　老齢ならば

財産管理　息子のもので　父親は　息子の世話に

なるべきだ　そんな話を……

グロスター

ああ　何という　悪党め！

この手紙　そのままだ　悍(おぞ)ましい　悪人だ！

非人間！　忌まわしい　獣(けだもの)だ！

それより悪い　獣(けだもの)以下だ！

探し出し　連れて来い

取っ捕まえて　懲(こ)らしめてやる

唾棄(だき)すべき奴　どこにいるのだ⁉

エドマンド

存知ませんが　その前に　兄の真意を　測るまで
お怒りを　お鎮めになり
確たる処分　そのあとで
兄の意図　誤解して　乱暴な　手立てを打つと
父上の　名誉を汚し　兄にある　従順さ
粉々に　壊すことに　なるでしょう
兄のため　命を懸けて　申します
私の　父への愛を　確かめるため
きっとこれ　書かれたのです
危険な意図は　ないはずで ……

グロスター

そう思うのか？

エドマンド

ご自身で　お確かめ　なさるなら
兄と私が　このことを　話し合う際
お聞きになれる　場所を設え　いたします
お急ぎならば　今宵でも

グロスター

エドガーは　それほどの
モンスターでは　ないはずだがな ……

エドマンド

そんな兄では　ありません　確かです

グロスター

あれほどに　可愛がり
大事に思い　育てた実の　父親に
天地顛倒！　人知不能だ！
捜し出し　探り出せ　やり方は　任せたぞ
我が身に何が　起ころうと　真相を　究明いたす

エドマンド

今すぐに　捜し出し　事の計画　練り上げて
委細報告　いたします

グロスター

近頃の　日食や　月食は
不吉なことの　兆しであった
自然を語る　学者ども
あれやこれやと　理屈を捏ねる
だが自然界　そこに異変が　起こるなら
人間界に　凶事が続く
愛は冷め　友情壊れ　兄弟に　亀裂が入る
都会には　暴動起こり　田舎　分裂
宮廷に　謀反が生じ　親子の絆　断ち切れる
わしの息子が　父に叛くは　その表れだ
リア王も　自然の理には　反する行為
父が子を　捨てるとは　良き時代　去ったのか
陰謀や　不誠実　反逆などの
ありとあらゆる　悪行が　世にはびこって
我らを墓へ　放り込もうと　企てる

エドマンド　この悪党を　見つけ出せ
おまえには　損はさせぬぞ
気をつけて　やりなさい
高貴　誠実　ケント公
その人物が　追放された
その罪は　正直という　ただそれだけで
すべてのタガが　外れてる

（グロスター退場）

エドマンド

これこそは　愚か極まる　馬鹿話
我々は　運が傾き　始めると
自分のせいで　あったとしても
太陽や月　星のせいにと　するものだ
悪党に　なるのさえ　必然で　宿命で
馬鹿になるのも　ごろつき　泥棒
裏切者も　天の定めで
酔っぱらい　嘘つきや　不貞を犯す　者共も
惑星の　影響下だと
浮気男にゃ　言いわけするの　もってこい
お星さまから　言いつけが　とね
俺の親父が　お袋と
まぐわったのが　竜座の下で

　俺の生まれは　大熊座　下
　そういうわけで　俺は残虐　淫乱だ
　馬鹿馬鹿しいにも　ほどがある
　私生児さまの　お生まれのとき
　天空で　一番の　貞節な
　お星さま　キラキラと　輝いた
　そうだとしても　俺は俺さま　そのままだ

（エドガー登場）

エドマンド

　ああ　エドガーだ
　奴が来たのは　いいタイミング
　昔の劇の　大詰めか　俺の役　精神病の　患者役
　憂鬱そうに　ため息ついて
　おお　近頃の　日食や月食は
　この諍いの　前兆なのか
　［口ずさむ］　ファ　ソ　ラ　ミ

エドガー

　どうかしたのか？　エドマンド
　深刻そうな　顔つきで

エドマンド

　いや　これは　お兄さん
　先日読んだ　予言のことで

日食や　月食のあと　何が起こるか　考えていた

エドガー

　そんなことなど？

エドマンド

　だが事実　書かれた通り
　不吉_{ふきつ}なことが　次々起こり
　親子の情は　断ち切られ
　飢饉_{ききん}や死亡　友情の　絆切れ
　国は分断　王や貴族に　威嚇_{いかく}　中傷_{ちゅうしょう}
　相互不信の　故なき嫌疑
　友人の　追放や　軍紀の乱れ
　夫婦の不和や　その他いろいろ
　数え上げれば　きりがない

エドガー

　占星術に　ハマったのかい？　いつからだ？

エドマンド

　父上に　お会いになった　それはいつ？

エドガー

　昨夜だな

エドマンド

　少しお話し　なりました？

エドガー

　二時間ほどだ

エドマンド

　お別れの際　機嫌良く？

　言葉　顔つき　不快な様子　何もなく？

エドガー

　いや　何も

エドマンド

　よく考えて　くださいね

　何かご機嫌　損ねることを　なさったのでは？

　父上の　勘気が解ける　頃までは

　お会いなさらぬ　ほうがいい

　目下のところ　そのお怒りは　激しすぎ

　兄上の身に　危害が及ぶ　ことさえも ……

エドガー

　良からぬ奴が　悪口を　言ったのだ

エドマンド

　それを心配　してました

　父上の　怒りが少し　鎮まるまでは

　自制して　じっとなさるが　得策だ

　私の部屋に　身を隠し

　父上の　怒りの理由　お話しになる　その際に

　兄上が　立ち聞きできる　方法を　考えましょう

　さあ　お急ぎに　なってください

　これが私の　部屋の鍵

　外に出るとき　剣を忘れず！

エドガー

剣をだと ?!

エドマンド

　兄上の　ためを思って　忠告ですよ

　正直言って　兄上のこと　心よく

　思う人など　一人もいない

　我が目で見　我が耳で　聞いたこと

　婉曲に　話しています

　恐ろしい　現実は　こんなものでは　ありません

　さあ　お急ぎを！

エドガー

　何か起これば　すぐに知らせて　くれるよな

エドマンド

　どうぞ私に　お任せを

　（エドガー退場）

　めでたい父に　気立ていい　兄とはな

　性格が　あれだから

　人を疑う　ことがない　馬鹿正直な　二人ゆえ

　俺の策略　すんなり進む

　やるべきことは　分かってる

　生まれでなけりゃ　頭使って　財産もらう

　どんな手段も　いとわない

　やることを　やり遂げるまで ……

（エドマンド退場）

第 3 場

オルバニー公爵の館の一室

（ゴネリル　オズワルド登場）

ゴネリル

　この家の　家来が道化　叱ったことで
　お父さま　家来を殴り　飛ばしたの？

オズワルド

　その通りです

ゴネリル

　昼夜を問わず　迷惑を　かけ通し
　事あるごとに　気分を害し　騒ぎ立て
　我儘の　限度大きく　超えている
　お付きの騎士も　暴力的に　なってきた
　些細なことで　逆上するし
　狩りから館　戻っても　私　一切　話しはしない
　病気だと　言っておくのよ
　丁重な　もてなしは　もう要らないわ
　何かあったら　責任は　取りますからね

オズワルド

　［奥から角笛の音］

　こちらのほうへ　来られる音が　いたします

ゴネリル

　どんなことにも　嫌な素振りを　するように

　あなたばかりか　従者たち　みんな皆

　向こうに議論　吹っかけさせる

　気に召さぬなら　妹の　所へと

　行ってもらえば　済むことよ

　リーガンも　私と同じ　頭ごなしに

　言われるの　耐えられないわ

　譲り渡した　権力に

　まだ固執する　馬鹿な老人！

　正直言って　そんな老人　子供と同じ

　愚かなことを　したならば

　おだてるか　叱りつけるか　どちらかね

　今言ったこと　覚えておいて

オズワルド

　はい　心して

ゴネリル

　騎士たちも　冷ややかに　扱うように

　その結果　どうなろうとも

　気にすることは　ありません

　皆にも　そのように　伝えておいて

44

　揉め事が　起こるなら
　それを機に　言いたいことを　ぶちまける
　妹にすぐ　手紙を書いて
　姉の私に　同調してと　言ってやる
　さあ　夕食の　支度して

（二人退場）

第4場

オルバニー公爵の館の玄関

（ケント　変装して登場）

ケント

　話し方まで　借用し　話し言葉で　ごまかして
　顔形　変えたのだから
　私の意図も　完全に　王に伝わる　こと願う
　ケントよ　今は　追放された　身であるが
　忠勤を　認められる日　来るかもしれん

（［角笛の音］　リア王　騎士たち　従者たち登場）

リア王

夕食の　用意をすぐに　いたすのだ！
　　待たせるな！　すぐにせよ！

　　（一人の従者退場）

　　おや　これは！　何者だ！
ケント
　　一介の男です
リア王
　　生業は何？　求めているの　何なんだ？
ケント
　　見かけ以上に　なりたい者だ
　　信頼を　得られる人に　仕えたい
　　正直な人　賢明な人
　　口数の　少ない人　そんな人にだ
　　天の裁きを　恐れてる
　　いざというとき　戦うし
　　それにまた　魚は食わん
リア王
　　一体！　おまえ　何者なのか？
ケント
　　正直な　男であって
　　王さまと　同じほど　貧しい者で
リア王

王が王ほど　貧しくて
おまえが家来　同等に　貧しいならば
よほどおまえは　貧しいのだな
それなら何を　所望する？

ケント

ご奉公

リア王

誰の奉公？

ケント

あなたへの

リア王

おまえはわしが　誰だか知って　おるのかな？

ケント

いえ別に　しかし顔つき
主人に　私　望む顔

リア王

どんな顔？

ケント

威厳ある顔

リア王

どんな奉公　できるのだ？

ケント

秘密を守る　ことできる
馬でも　走りも　使いができる

込み入った　話なら
込み入らせなく　伝えることも　できますぞ
普通の人に　できること
私にも　必ずできる
一番の　長所なら　忠誠心だ

リア王

年はいくつだ？

ケント

歌が上手と　聞くだけで
惚れ込むほどは　若くない
かと言って　女なら
誰でもいいと　言うほどは　老けてない
この体には　四十八の　歳月が　流れてる

リア王

ついて来い　家来にするぞ
夕食のあと　わしの気が
変わらねば　使ってやろう
夕食だ！　おーい　夕食！
わしの道化は　どこにおる？
道化はどこか？　行って道化を　連れて来い！

（一人の従者退場　オズワルド登場）

おいおまえ！　娘はどこだ？

オズワルド

　恐れ入ります

　（オズワルド退場）

リア王

　あの男　何と言ったか？
　あの低能を　連れ戻せ

　（一人の騎士退場）

　道化はどこだ？　おーい　おい！
　世界中　眠ったようだ

　（同じ騎士登場）

　どうしたか！　あの野良犬は　どこにいる？

騎士

　奥方さまの　ご気分が　すぐれぬからと

リア王

　このわしが　呼んでおるのに　戻って来ない？
　一体それは　どうしたことか⁉

騎士

　目に余る　ぞんざいな

言い方で 「気が向かない」と

リア王

「気が向かない」と！

騎士

　どういう風の　吹き回しかは　分かりませんが

　思うのですが　王さまは　かつてほど

　厳かな　情愛こもる　もてなしを

　受けられてると　思えない

　公爵さまも　奥方さまも

　従者さえ　一同に　親切心が

　極端に　失われてる　気がします

リア王

　はあ⁉︎　なんと　確かとそう　申すのか？

騎士

　私の　思い過ごしで　あるのなら

　どうかご容赦　願います

　王さまに　仕える身にて

　王さまが　不当にと　扱われれば

　見過ごしたりは　できません

リア王

　おまえの言葉　わし自身

　内心感じ　取っていた

　近頃は　対応が　ぞんざいと　気になっていた

　そのことは　自分自身の

猜疑心だと　思っておった
よくこれからは　注視する
だがどこに　道化は行った？
ここ二日　その姿　見ていない

騎士

コーディリアさま　フランスに　行かれてからは
悲嘆に暮れて　おりまして

リア王

そのことは　もう言うな　よく分かってる
[従者に]　ゴネリルに　話があると　言って来い
[別の従者に]　おまえは道化　呼んで来い

(二人の従者退場　オズワルド登場)

おお　おまえ！　ここに来い！
わしを誰だと　思っておるか？

オズワルド

奥方さまの　お父さま

リア王

「奥方さまの　お父さま」だと！
このゲス野郎！　できそこないめ！

オズワルド

お言葉ですが　そのような　言い方される
覚えは何も　ありません

リア王

　睨み返すか　無礼者めが！

　［オズワルドを殴りつける］

オズワルド

　殴られて　黙っては　おれません

ケント

　蹴られては　どうなんだ⁉

　このニセの　フットボーラー！

　［オズワルドの足を払う］

リア王

　礼を言う　よくやった！

　おまえのことが　気に入った

ケント

　立ち上がり　消え失せろ！

　身のほどを知れ　すぐに出て行け！

　胴の長さを　もう一度

　測るなら　寝たままでいい

　嫌なら　さっさと　消え失せろ！

　そのオツム　正常か？

　（オズワルドを追い出す）

　それでよい！

リア王

　よくやった　礼を言うぞ　少しだが　取っておけ
　[ケントに褒美(ほうび)を与える]

（道化登場）

道化

　おらも雇って　あげるから
　これがお手当　鶏冠帽(とさかぼう)
　[ケントに帽子を与える]

リア王

　どうしておった　愉快な道化　元気だったか？

道化

　[ケントに]　受け取りな　鶏冠帽

ケント

　なぜなんだ？

道化

　なぜだって？　落ち目の人の
　味方なんかを　するからだ
　風止(や)んで　もしもあんたが
　笑うこと　できなけりゃ
　あんたはすぐに　風邪を引く
　さあ　おらの　鶏冠帽　もらっておきな
　どうしてかって？
　この男　娘二人を　追い出して

三人目　心ならずも　祝福を　与えたんだよ
そんな男に　仕えるのなら
道化の帽子　危険防止に　役に立つ
さあどうだ？　王っちゃん！
おいら欲しいの　鶏冠帽　二冠と　二人の娘

リア王

なぜなんだ？

道化

もしおらが　財産全部　やったとしても
鶏冠帽だけ　やらないで
自分の物に　しておくさ
あんたが　一つ　欲しければ
二人の娘に　おねだりしたら……

リア王

気をつけて　言葉を選べ　鞭打つぞ！

道化

真実語る　犬は犬小屋
押し込められて　鞭打たれるよ
レディーのような　猟犬は
暖かい　暖炉のそばで
横になり　おべっか使い　尻尾振る

リア王

嫌味なことを　言う奴だ！

道化

　ほら　ここで　いいお話を　してあげようか

リア王

　やってみろ

道化

　よく聞くんだよ　王っちゃん

　　　　見掛けより　多く持って

　　　　八卦より　少なく言って

　　　　歩合　考え　貸し惜しみして

　　　　歩行　するより　乗馬して

　　　　虚像追うより　確かめて

　　　　賭博　するより　堅実にして

　　　　酒と　女にゃ　手を出さず

　　　　雨が降りゃ　外出はせず

　　　　これを守って　何もせず

　　　　これがお守り　金　貯まるはず

ケント

　何だそれ??　内容がないようだ

道化

　報酬ゼロの　弁護士みたい

　報酬が　ないようならば　意味がない

　そのないようを　あるように

　できないのかい　王っちゃん

リア王

　だめだな　道化

「無」でさえも　「無」から　生じることはない

道化

　［ケントに］　あんたから　王っちゃんには

　何とか言って　くれないか？

　領地があれば　王っちゃん

　たんまり地代　入ってきてた

　王っちゃんには　道化の言葉　通じない

リア王

　苦い皮肉の　道化だな

道化

　王っちゃん　分かっているの？

　苦い道化と　甘い道化の　違いのことを

リア王

　いや　知らぬ　言ってみろ

道化

　領地譲れと　唆し

　その気にさせた　人ここに　連れて来い

　そうだ　あんたが　代理人

　これで揃った　甘辛道化

　まだらの服が　甘いほう

　あちらの方が　辛いほう

リア王

　わしのこと　道化呼ばわり　する気だな

道化

他の呼び方　みんな捨て　残ったものは
生まれつき　備わったもの

ケント

この道化　ただの道化と　思えない

道化

実際　そうは思えない　お偉方　みんな皆(みな)
おいらだけ　道化では　ダメだって
独占したら　おすそ分け　してくれと
ねだってくるの　見え見えだ
ご婦人方も　同じで(おんな)
道化役など　おいらだけ
させるわけには　いかないと
引っ張りダコに　なってくる
王っちゃん　卵を一つ　くれないか？
二つキンカ（ン）あげるから[10]

リア王

その金貨　いかにして　手に入れる？

道化

簡単さ　卵の殻を　真横に切って
中身を食べて　立てたなら
二つの金冠　出来上がる
王っちゃん　金冠を

10　原典 "crown" は「金貨／王冠」 "clown" は「道化」の意味

二つに切って　あげちまい
それが因果で　ロバを背負って　泥沼を
歩き回るの　応報だ
金冠を　譲ったあとの　ハゲ頭
知恵はほとんど　残ってないね
おいらの話　アホらしい
　　　そう思う奴　いるのなら　それでいい
　　　そういう奴を　一番に　ムチ打てばいい
　　　道化の地位は　だだ下がり
　　　道義知る人　アホっぽく　なり下がり
　　　知恵のつけ方　知らずして
　　　知ったこと　早く言うなら　猿知恵でして

リア王

　　いつからそんな　戯れ歌を　作り始めた？

道化

　　王っちゃん　自分の娘
　　母ちゃんに　してからさ
　　鞭を娘に　譲り渡して
　　打たれる尻を　出してから
　　それからは　二人　突然　嬉し泣き
　　おいら　がっかり　べそをかき
　　王っちゃん　道化混じりで　かくれんぼ
　　王っちゃん　お願いだ　道化に　嘘の　つき方を
　　教えてくれる　先生を　雇っておくれ

　おいら　なあ　嘘のつき方　習いたい

リア王

　嘘などつくと　また鞭打つぞ

道化

　びっくりするよ　あんたの娘　王っちゃんとは

　どういった　血の繋がりだ？

　娘らは　おいら　真実　話すから　鞭を打つ

　王っちゃん　おいら嘘など　話すから　鞭を打つ

　それに　時には　黙ってるから　鞭を打つ

　道化にだけは　なりたくないね

　だからと言って　王っちゃん

　そんなになるの　ごめんだね

　王っちゃん　自分の知恵を　両端からと

　削り取り　真ん中に　何も残らぬ　ことになる

　ほらあそこ　削り上手な　片方が　やって来た

　（ゴネリル登場）

リア王

　やあ　ゴネリルか！

　どうして　そんな　しかめっ面（つら）を　しておるか？

　近頃は　渋い顔しか　見せないが……

道化

　王っちゃん　娘の機嫌　取ったりと

する必要が　なかったときは　まともだったね

今　王っちゃん　内実変わり

Ｏっちゃんだよ　ただのゼロ

一桁（けた）　なけなし　0（ゼロ）ちゃんだ！

あんたより　おいら　まだまし

おいら道化で　王っちゃん　カラッケツ

[ゴネリルに]

はい分ってる　言いたいことは　お見通し

黙ってますよ　しかめっ面が　しゃべくってるし

シィーッ！　シィーッ！　と

食べ飽きたので　パンの耳　パンの屑

捨ててしまえば　ひもじい思い　することに

[リア王を指差し]

あそこにいるのは　中身抜かれた　豆の莢（さや）

ゴネリル

言いたい放題　この道化

他（ほか）の家来も　無法で粗暴

秩序を乱し　我儘の

限度はるかに　超えている

お父さまにと　お話をして

この問題を　処理する気では　いたのです

ところが今は　お父さま　自らの

お言葉や　振る舞いは　道化　庇（かば）って　助長して

承認与え　扇動してる　様（よう）にも取れる

そうなれば　お父さまへの
責任追及　免れません
国家安寧　そのための　措置として
他の場合なら　私どもには　恥ずべきですが
必要となら　粛々と
やらないわけに　いきません

道化

王っちゃん　分かってるよね
カッコウのヒナ　ずっと育てた　ヒバリさん
そのカッコウに　食い殺された
そういうわけで　ロウソクは消え
おいらたち　真っ暗闇へ ……

リア王

おまえはわしの　娘なのかい？

ゴネリル

充分な　お知恵をお持ち　そのはずですよ
お父さま　それをお使い　くださって
気まぐれな　お気持ちを　お鎮めになり
本来の　ご自分に　お立ち返りを　願います

道化

荷車が　馬を引くなら
馬鹿な馬でも　変テコだって　気づくはず
［ゴネリルの顔つきを見て］
ウヒェ〜！　お馬鹿さんなら　おいら大好き

リア王

わしを知ってる　者いないのか？

わしはリア王　ではないはずだ

このように　リア王は　歩くのか？

話すのか？　目はどこに？

知力が劣り　洞察力が　萎えたのか？

はあ～？　目醒めてる？　そうじゃない？

わしが誰だか　教える者は　おらんのか⁉

道化

リア王の　影法師

リア王

そこが知りたい　権威の印　知識や理性

それにより　わしには娘　いたのだと

錯覚してた　だけのこと？

道化

娘二人が　王っちゃん

従順な　父親に　してくれるはず

リア王

そこのご婦人　お名前は？

ゴネリル

そのような　よそよそしさは

近頃の　悪ふざけとは　同じもの

今から話す　ことなどを

しっかりと　心にお留め　くださいね

老齢で　敬い受ける　お父さま

分別を　わきまえて　いただかないと

お供の騎士や　従者百人

規律守らず　放逸粗暴（ほういつ）

この館　マナーの悪さ　蔓延し（まんえん）

ふしだらな　下町の宿　さながらで

酒池肉林の（しゅちにくりん）　売春宿と　見間違う

高貴な館　などとても　思われません

恥ずべきことを　早急に

おやめいただく　ことなくば

ご自身で　お付きの者を　お減らしになり

残る者には　年齢的に　ふさわしい者

立場など　よくわきまえた　者のみと

なさるよう　お願いします

リア王

暗黒の　悪魔ども！

馬に鞍付け　供の者　集合させろ！

堕落した　父なし子

もうおまえには　関わらん！（かか）

わしにはな　まだ一人だけ　娘がいるわ

ゴネリル

お父さま　館の者に　暴力を　振るわれる

それを見て　秩序分からぬ　お付きの者が

身分が上の　者にさえ　ぞんざいな　態度です

（オルバニー登場）

リア王
　ここに至って　後悔などは　遅すぎる
　［オルバニーに］　おお！　顔を出したか
　このことは　あなたの指図？　どうなのだ！
　［騎士に］　馬の準備を！
　［ゴネリルに］　恩知らず　石の心を　持つ悪魔
　子供姿で　現れたなら　海の怪物　などより恐い
オルバニー
　どうか気持ちを　お鎮めに　なってください
リア王
　［ゴネリルに］
　この忌まわしい　ハゲ鷹め　嘘をつけ！
　わしの供は　皆（みな）　選りすぐり
　優秀な　人物ばかり　臣下としての　本分を知り
　名に恥じぬよう　務めてる
　コーディリアには　わずかばかりの　欠点を
　見つけたときに　わしはそれが
　醜く思え　わしの心は　ねじ曲げられて
　愛の心は　潰された
　それに代わって　憎しみの情　入り込んだわ
　おお　リア　リアよ！　リア王よ！

64

愚かさを　呼び込んで　分別を　押し出した
この門を　叩くのだ
［自分の頭を叩く］
さあ行くぞ　皆(みな)の者

（ケント　騎士たち退場）

オルバニー

少しお待ちを！　お怒りの　原因は
私には　何のことやら　分かりませんが……

リア王

そうなのだろう　オルバニー公
聞いてくれ！　自然よ　自然！
自然の女神に　聞いてくれ！
もしこれに　子供授ける　つもりなら
これの子宮を　不毛にし
その計画を　取りやめてくれ
この堕落した　体から
母の名誉に　なる子など　授けるな！
どうしても　産むというなら
ねじれた心　持つ子だけ　産ませるように
それで　苦しみ　与えるがいい！
若い母親　その額には　深い皺(しわ)　刻ませよ
落ちる涙で　頬には溝を　作らせて

母親の　苦しみや　喜びを
ことごとく　嘲笑と　恥辱に変えて
思い知らせて　やればいい
蛇に噛まれる　ことよりずっと
恩知らずの子　持つほうが
心が痛む　ことなのだ
さあ行くぞ　出発だ！

（リア王退場）

オルバニー

　一体全体　どういうことだ！

ゴネリル

　知るほどの　ことではないの　気にとめず
　生まれ持っての　気質に加え
　老齢で　歯止めが利かぬ　ことになり
　放っておくしか　手はありません

（リア王登場）

リア王

　何をした?!　供の者　一度にスパッと　五十人だと！
　二週間さえ　経たぬうち!?

オルバニー

　何事が　起こったのです？

リア王

　教えてやろう

　［ゴネリルに］　悔しいことだ！

　男の権威に　泥を塗られた

　おまえのような　女にな

　溢れ出た　この涙

　我知らず　心が燃えた　証(あかし)だぞ

　このすべて　おまえのせいだ

　害毒や　濃い霧に　包んで殺せ

　父親の　呪いよって　傷口が裂け

　五感のすべて　麻痺させろ！

　わしの目も　老いぼれたのか

　些細なことで　また泣くのなら

　くり抜いて　投げ捨てる

　流した涙と　混じり合い　泥になれば　本望だ

　ああ　こんな　結末に　なろうとは

　まあ　なるように　なるだろう……

　わしには娘　もう一人

　あれは確かに　優しくて　気立て良い

　あれが　おまえの　仕打ちを聞けば

　その狼の　面(つら)の皮　爪で見事に　剥(は)いでくれよう

　今に見ておれ　わしは必ず

　昔のわしを　取り戻すから

永遠に　わしが自分を　捨てたなど
思ったのなら　大間違いだ！

（リア王退場）

ゴネリル

今のお言葉　お聞きになった？

オルバニー

妻を愛する　気持ちには　揺るぎはないが
おまえに味方　していいものか……

ゴネリル

この件は　お任せを
ねえ　オズワルド　ここに来て！
［道化に］道化にするの　もったいないわ　悪党ね
ご主人の　あとに従い　行きなさい

道化

王っちゃん　リア！　王っちゃん！
ちょっと待ってよ　道化と馬鹿さ[11]　連れてって
　　　とっ捕まえた　狐さん
　　　それは貴方（あんた）の　娘さん
　　　この帽子売り　ロープ買い上げ
　　　それで縛って　吊し上げ

11　原典 "Fool"「馬鹿」と「道化」の二重の意味

それで道化は　諸手上げ
ご退散（たいさん）　ご苦労さん

（道化退場）

ゴネリル

あの人に　少し効き目が　あったはず

騎士が百人　要りますか？

そんな数　そばにいるなら　政治的にも　安心ね

些細（ささい）な噂（うわさ）　想像や　不平や不満　あるだけで

自らの　耄碌（もうろく）を　武力で擁護　するでしょう

私らの　命が危機に　晒（さら）される

オズワルド！　どこなのよ！

オルバニー

心配しすぎ　そう思うがな

ゴネリル

安心しすぎ　危険です　用心が　肝心よ

気にかかる　禍（わざわい）の芽は　摘み取ることね

愚か者　摘み取られるの　恐れて暮らす

あの人の考えは　分かっています

あの人の　言ったこと　妹に書きました

警告を　無視してまでも

妹が　百人の騎士　預かったなら ……

（オズワルド登場）

　できました？　オズワルド
　妹に出す　あの手紙　書き終えました？
オズワルド
　はい　終えました
ゴネリル
　では　供を連れ　今すぐに　発ちなさい
　私が特に　気にかかる点　詳細に　伝えておいて
　それに加えて　あなた自身の　情報で
　説得力の　あるものならば　付け足して
　さあ早く　帰りの道も　急ぐのよ

（オズワルド退場）

　いえいえ　何も　おっしゃらないで
　あなたのすべて　温和で素直
　非難はしない　でも少し　言わせてね
　あなたのように　していると
　害はあっても　情に厚いと　誉められるけど
　そのあとで　知恵が欠けると　責められる
オルバニー
　あなたの目　どれほど先を
　見通すか　分からぬが

　良かれと思い　したことが
　良いことさえも　壊してしまう　こともある

ゴネリル

　いえ　大丈夫

オルバニー

　そう言うのなら　結果を見よう

（二人退場）

第5場

オルバニー公爵の館の庭

（リア王　ケント　道化登場）

リア王

　この手紙　一足先に
　コンウォール公に　手渡して
　知っていること　あまり話さず
　手紙のことで　尋ねられたら
　それだけに　答えればよい
　急いでくれよ　そうでないなら
　わしのほう　先に着く

ケント

手紙届ける　まで　ずっと　眠りはしない

（ケント退場）

道化

もし人間の　脳が踵^{かかと}に　あったなら

脳は霜焼け　なるのかな？

リア王

なるだろう

道化

それならば　安心だ　王っちゃんの　脳ならば

靴が履けずに　スリッパ旅行

そんなことには　ならないからね

リア王

ハッ　ハッ　ハ！

道化

妹は　リンゴのような　青リンゴ

王っちゃん　大事にしては　くれるだろう

でも　言えるのは　言える範囲の　ことだけさ

リア王

何が言えるか？

道化

妹の　青リンゴには　青リンゴ的　味がする

王っちゃん　人の鼻　どうして顔の

　真ん中にある　その理由　分かるかい？

リア王

　いや　分からんな

道化

　それはだね　目を鼻の　両側につけ
　鼻が嗅ぎ分け　できぬこと
　目でしっかりと　見極めるため

リア王

　コーディリアには　済まぬこと　したようだ

道化

　どうやって　牡蠣は殻など
　作るのか　知っている？

リア王

　知らないね

道化

　おいら　知らない　でも蝸牛　どうして家を
　背負ってるかは　分かってる

リア王

　どうしてだ？

道化

　そりゃあ　頭を　仕舞い込む　ためにだよ
　娘にやって　しまったら
　大事な角が　野晒しに

リア王

父親の情　忘れることに　決めたのだ
可愛がり　すぎたかも
馬の用意は　できたのか？

道化

馬ならば　頓馬なお付き　いるだろう
北斗七星　星なぜ七つ？
この謎々は　ちょっと難し　すぎるかな？

リア王

その答え　七つであって
八つでは　ないからだろう

道化

はい　その通り
王っちゃん　すごくイケてる　道化になれる

リア王

何があっても　取り返す
あの怪物の　恩知らず！

道化

王っちゃん　もしあんた
おいらみたいに　道化になれば
年取る前に　年取った　その罪で
鞭打ちの刑　受けるよね

リア王

どういうことだ？

道化

　　知恵者だと　言われるまでは

　　高齢者には　なる資格なし

リア王

　　おお　天よ！　わしの気を　狂わすな

　　狂いたくない　正気でいたい

　　狂うのだけは　避けたいが！

　　（紳士登場）

リア王

　　どうだ　もう　馬の用意は　できたのか？

紳士

　　はい　準備　できてます

リア王

　　さあ　行くぞ　おい　道化

道化

　　［観客に］　そこの可愛い　生娘[12]さんよ

　　おいら　出立　笑っていると

　　知らぬ間に　気[キ12]が抜けて

　　乙女の姿　しばし　留めぬ[13]

12　「生」／「気」のしゃれ　「気が抜ける：炭酸飲料などの本
来の味が損なわれる]、「生娘でなくなる［処女性を失う］の
二重の意味

13　百人一首「天津風　雲の通ひ路　吹き閉ぢよ　をとめの姿
しばしとどめむ」のジョーク

（リア王　道化退場）

第2幕

グロスター伯爵の居城の庭

（エドマンド　カラン登場）

エドマンド

　元気そうにて　何よりだ

カラン

　あなたさまにも　お変わりなく

　今しがた　父上さまに　お会いして

　コンウォール公と　お妃の

　リーガンさまが　今宵こちらに

　お越しとのこと　伝えたばかり

エドマンド

　なぜそんなこと　起こったのかい？

カラン

　事の起こりは　分からない

　近頃の　噂お聞きに　なってない？

　まだほんの　ささやき声か　ざわめく話

エドマンド

いや何も　どういうことだ？

カラン

コンウォール　オルバニー　両公爵の間には
近々戦_{いくさ}　始まる噂　聞かれたことは？

エドマンド

一度もないが

カラン

いずれお聞きに　なるでしょう　ではこれで

（カラン退場）

エドマンド

公爵が　今夜ここにと？
それはいい　絶好の　チャンスだぞ！
俺の企_{たくら}み　網目が増える
親父は兄を　捕らえるための　網を張る
あと一つ　手の込んだ
仕事があるが　やり終える
迅速_{じんそく}に　片がつくよう　天のご加護を！
兄さん　ちょっと　お話が
降りて来て！

（エドガー登場）

エドマンド

　父上が　警戒網を！
　ここからすぐに　逃げてください
　潜（ひそ）んでること　バレたのですよ
　今なら闇夜　それに紛れて　逃げられる
　兄上は　コンウォール公　関わることで
　悪口を　言われましたか？
　公爵が　今夜にも
　ここに来られる　ようですよ
　お急ぎで　リーガン妃　共々に
　彼らから　オルバニー公　戦を挑む
　そんなこと　口にされては　いませんか？
　胸に手を当て　よく考えて！

エドガー

　そんなことなど　一言も……

エドマンド

　父上の　足音が　聞こえます
　兄上の　お許しを　頂いて
　お助けするの　まだ隠すため
　剣を抜かねば　なりません
　兄上も　剣を抜き　身を守るふり　お願いします
　うまく斬り合う　格好だけで
　降参しろ！　父上のもと　すぐに来い！

明かりを！　おいここへ！
逃げてください　お兄さん
明かりだ！　明かり！
お元気で！

（エドガー退場）

俺の血が　流れていたら
凄まじい　斬り合いを
していたように　見えるだろう
［自分の腕に傷をつける］
酔いどれが　これ以上でも
余興でするの　見たことがある
父上！　父上！
逃げるのか！　待て！
誰か　助けは?!

（グロスター　松明を持った従者登場）

グロスター

　おお　エドマンド　悪党は　どこにいる？
エドマンド

　この暗がりに　立ちすくみ
　鋭い剣を　突き立てて　魔法の呪文　唱え上げ

　　月の女神に　力添え　願ってました

グロスター

　　そんなことより　どこにいる？

エドマンド

　　見てくださいよ　私のこの血！

グロスター

　　エドマンド　悪党は

　　どこにいるかと　訊いておる！

エドマンド

　　こちらのほうへ　逃げました

　　そのときに　兄はなんとか……

グロスター

　　追いかけろ！　おい　あとを追え！

（従者退場）

　　なんとか　何だ？

エドマンド

　　恐らく兄は　なんとか　私に

　　父上を　殺させようと……

　　しかし　私は　言いました

　　父親殺し　その罪に　復讐の　神々が

　　怒る雷鳴　打ち鳴らす

　　それにまた　子が父に　受けた恩恵　数知れず

固い絆が　あることを　諭（さと）しましたが

その結果　必死に私　父親殺し

反対するの　見てとって

猛然と　抜身（ぬきみ）の剣を　振りかざし

無防備な　私を狙い　この腕を　刺しました

しかし私は　自分のほうが　正しいと

勇気を鼓舞し　立ち向かい　応戦を

そのせいか　それとも私　大声で

叫んだせいか　慌てて兄は　逃げ去りました

グロスター

どんなに遠く　逃げようと

この領内に　いる限り

必ず奴を　捕まえて　処刑する

私の主人　気品ある　公爵さまが

今夜こちらに　来られるのだぞ

あの方の　お許しを得て　布告する

悪党を　見つけた者に　報奨を出し

殺人鬼　処刑場に　引き出してやる

匿（かくま）う者も　死刑といたす

エドマンド

兄の企（たくら）み　やめさせようと　説得しても

その意志固く　私は怒り　何もかも

報告すると　迫ったのです

兄は私に　「財産持てぬ　私生児め！

82

俺がおまえの　言うことを　否定すりゃ
おまえの美徳　信用価値は　誰も認めぬ
否定など　するのは　いとも簡単だ
俺の自筆の　手紙を出して　見せたとしても
おまえによって　仕組まれた
悪辣_{あくらつ}な　計略なのだ　そう言ってやる
世間を甘く　見るんじゃないぜ
俺が死んだら　得をするのは　誰なんだ
それが動機で　画策したと
誰しも思う　当然だ」とも　言いました

グロスター

ああ根性が　腐り果てたる　悪党だ！
自分の書いた　手紙さえ
否認するぞと　ぬかしたか！
あんな奴　縁切りだ
［奥でトランペットの音］
聞くがよい！　公爵が　お越しになった
なぜ来られたか　よく分からんが……
すべての港　封鎖しろ　悪党は　逃がしてならぬ
公爵も　お認めになる
悪党の　人相書を　国中の　あちらこちらに
張り出して　見つけ出す
わしの領地は　忠実で　親孝行の
おまえのものに　なるように　取り計らうぞ

（コンウォール　リーガン　従者登場）

コンウォール

　どうしたことか　親しき友よ

　ここに着くなり　早々と　妙な話を　聞かされた

リーガン

　もしそれが　事実なら

　罪人に　値する罰　軽すぎますわ

　どうなさったの　グロスターさま

グロスター

　ああ我が胸は　張り裂けそうだ

　いや　張り裂けた

リーガン

　何ということ！　私の父が　名付け親

　そのエドガーが　父親の　命を狙う？

グロスター

　奥方さまよ　なんともそれは

　恥ずべきことで……

リーガン

　エドガーは　父に仕える　暴力的な　騎士仲間？

グロスター

　分かりませんが　あまりにひどい　ひどすぎる

エドマンド

　　その通り　実は兄　その一味です

リーガン

　　そうならば　不思議はないわ

　　悪影響を　受けたのね

　　その人たちが　唆し　老いた父親　亡き者にして

　　財産を　勝手次第に

　　使おうと　したのでしょうね

　　今日の夕方　姉から手紙　受け取って

　　その連中が　我が館へと　来るのなら

　　留守にするよう　忠告が

コンウォール

　　俺も同じだ　受け入れ難い

　　エドマンド　聞くところ　君は立派に

　　子としての　務め果たした　ようである

エドマンド

　　当然のこと　したまでですが ……

グロスター

　　兄の企み　見つけてくれて

　　捕らえようと　腕に負傷を

コンウォール

　　追っ手　出したか？

グロスター

　　はい　出しました

コンウォール

捕えたら　二度と悪事が　働けぬよう　処分せよ
思い通りに　するがよい
俺の名を　使ってもよい
エドマンド　親思う
忠誠心で　君のこと　感服したぞ
この場ですぐに　我が家臣とし　召し抱えるぞ
深く信頼　できる者らが
わしに必要　なのだから
君がその　第一号だ

エドマンド

謹んで　お受けします
何よりも　忠実に　務めます

グロスター

この子のために　ありがとう　ございます

コンウォール

なぜ俺たちが　ここに来たのか
そのわけをまだ　話していない

リーガン

季節外れに　暗闇を縫い　来たわけは
重要な　案件が　持ち上がり
グロスターさま　そのお知恵
拝借したく　思ってのこと
姉からと　時を同じく　父からも
手紙が参り　双方が　相手をなじり

その返事　出すために　我が館

離れるほうが　得策と

こうしてここに　来たしだいです

返事のために　ここには使者を　待たせています

お心を　痛めてられる　そのときに

頼まねば　ならぬのは　心苦しく　思っています

急を要する　ことなので

お力を今　お貸しください

グロスター

承知しました　二人とも　どうぞ中へ

（［トランペットの音］　一同退場）

第2場

グロスター伯爵の居城の前

（ケント　オズワルド　左右から登場）

オズワルド

やあ　あんた　ここの館の　人ですか？

ケント

ああ　そうだ

オズワルド

馬どこに　繋げばよいか？

ケント

　　その　ぬかるみだ

オズワルド

　　情けあるなら　教えてくれよ

ケント

　　情けなど　何もない

オズワルド

　　それならば　関わり合いに　なりたくないね

ケント

　　リプスベリーの　家畜の檻[14]に

　　私がおまえ　入れたなら

　　嫌でもおまえ　関りを　持ちたがるはず

オズワルド

　　どうしてあんた　それほどまでに

　　ぶしつけなのか？

　　初対面で　あるはずだ

ケント

　　おまえのことは　知っている

オズワルド

　　俺の何を　知っている？

ケント

14　監獄のある場所

悪党で　ならず者　ゲテ物食いで　卑しくて

高慢で　浅はかで　乞食根性　丸出しの　召使い

安月給で　見苦しい　靴下野郎　綿野郎[15]

臆病者で　喧嘩はできず　すぐ訴える

娼婦の小僧　うぬぼれ男

超ゴマすりで　口やかましく

財産は　トランク一つ　貧乏人で

ご主人の　望みとあらば　女斡旋　大サービスと

手短に　言うならば

ごろつき乞食　腰抜けの　ポン引きで

野良犬マンで　それが皆（みな）

混ぜ合わさった　化け物だ

今言った　その肩書の

どれ一つでも　嘘だなど　ぬかすなら

打ちのめし　女々しい悲鳴　上げさせてやる

オズワルド

何て変わった　奴なんだ

お互いに　見も知らぬのに

悪態ついて　喚き立て（わめ）！

ケント

見も知らぬなど　どの面下げて（つら）　ぬかすのだ！

二日前だぞ　王の前

15　貴族はシルクのストッキング、召使いはウール製

おまえの足を　引っかけて

殴ってやった　忘れたか？

さあ　剣を抜け！

夜は明けないが　月は照る

月明り差す　まな板[16]に

おまえ転がし　切り刻む

［剣を抜く］

ニヤケてキモイ　女々しい男

オズワルド

どこかに行けよ！　あんたには　関りはない

ケント

剣を抜け！　このごろつきめ

王を中傷　する手紙　持って来てるな

人形芝居　そこに出る　「虚栄女」の

言いつけ通り　その父親の

王座を奪う　つもりだろう

剣を抜け！　この悪党め

さもなくば　おまえの足を　切り払う

抜かないか！　腰抜けめ！　斬り結べ！

オズワルド

助けて〜ェ！　オ〜イ！

人殺し！　誰か助けて〜ェ！

16　大地

ケント

　さあ来んか！　ろくでなし！
　どんと構えろ　どんとな！
　ごろつきめ　おめかし野郎！
　［オズワルドを殴る］

オズワルド

　助けてくれ〜ェ！　オ〜イ！
　人殺し〜ィ！　人殺し〜ィ！

　（抜刀して　エドマンド登場）

エドマンド

　どうかしたのか！　何があったか！
　お互いに　距離を取れ！

ケント

　望むなら　青二才　相手になるぞ！

　（コンウォール　リーガン　グロスター
　従者登場）

グロスター

　剣を抜き　武器など持って　どうかしたのか！

コンウォール

　命惜しくば　鎮まれい！

手を出せば　極刑に処す

　　事の起こりは　何なのだ⁈

リーガン

　　姉からと　王からの　使者ですわ

コンウォール

　　争いの　原因は　何なのか？

オズワルド

　　今しばらくは　お待ちください　息切れで

ケント

　　笑ってやるぞ　あるだけの　勇気をみんな

　　使い果たした　臆病者め　そうなのだろう

　　自然はきっと　おまえなど

　　造った覚え　ないと言う　仕立屋づくり

コンウォール

　　おかしなことを　言う奴だ

　　仕立屋が　人間造る？

ケント

　　造りますとも　石工さえ　画家さえも

　　だがしかし　徒弟期間が　二年でも

　　これほどの　できそこないは　造れない

コンウォール

　　そんなことより　喧嘩のもとは　何なのだ？

オズワルド

　　この老いぼれの　無頼漢

白髭に　免じて許し　与えたものが ……

ケント

おいＺ！[17]　文字なし野郎！

コンウォールさま　お許しが　頂けるなら

この軟弱な　ならず者　モルタルにして

トイレの壁に　塗り込めさせて　もらいたい

「白髭に　免じて許し」　そうぬかしたな！

コンウォール

黙れ！　ごろつき　礼を知らぬか！

ケント

心得て　おりますが

怒り心頭　発していては ……

コンウォール

なぜそれほどに　怒っておるか⁉

ケント

身に誠実さ　付けぬ者

剣を身に　付けていること　許せない

ニタニタ笑う　モグラ男は　ネズミに似てる

神聖に　絡み合う　絆さえ　食い散らす

主人の心　反逆の火が　灯るなら

17　当時、"ｚ" の文字は　"ｓ" で書かれていた。現在（2022 年）、ウクライナを侵略するロシア軍車両にプーチンの命令により、"Ｚ" の文字が書かれている。「両者」（ＯとＰ）の共通点は「ごろつき、良心の欠落野郎」？

感情に　油を注ぎ

冷酷な　態度には　雪掛ける

ご主人の　心の風を　身に受けて

逆らうも　従うも　カワセミの　口ばしのよう[18]

考えもなく　付き従って　犬のよう

青白い　その顔に　呪いあれ！

わしの話に　ニタニタ笑い

わしを道化と　思っておるか！

ガチョウ野郎め　サラム原野で

見つけたならば　ガアガア鳴かせ

キャメロットまで　追い立ててやる！[19]

コンウォール

何だって？　気が狂ったか！

グロスター

喧嘩の理由は　何なんだ?!

ケント

この悪党と　わしとの間

埋められぬ溝　深すぎる

コンウォール

なぜこの男　悪党と　言えるのか？　何をした？

ケント

18　ギリシャ神話　夫を亡くした王女ハルシオンは、身投げ
　してカワセミの姿になった

19　伝説のアーサー王の城があった場所

　顔つきが　気に入らん

コンウォール

　そうならば　俺のも　グロスターのも

　妻の顔さえ　気に入らぬはず

ケント

　率直に　言うことが　わしの責務で

　人生ここへ　来るまでに　今ここに見る

　顔よりは　ましな顔見て　生きてきた

コンウォール

　こういう輩　いるものだ

　大胆な　言いぐさで　誉められたなら　味を占め

　本来の　性格　隠し

　辛辣な発言を　続けて　生きる

　お世辞は言わぬ　正直者で　率直で

　真実だけを　語るので

　人々が　認めるのなら　認めるで　それで良い

　認められねば　ただ実直な

　男としては　通用いたす　しかしまた

　率直の裏　巧妙で　偽善の意図を　隠し持つ

　このことは　愚かなアヒル　さながらに

　やるべきことを　黙々と

　務める者と　比べると　はるかに危険

ケント

　公爵殿よ　誠心誠意　信義に懸けて

そのご栄光　太陽の神　フィーバスの[20]

<ruby>燦然<rt>さんぜん</rt></ruby>と　輝き放つ　光の花輪

浴す機会を　賜わりたくて

コンウォール

一体おまえ　何が言いたい？

ケント

私の言い方　お気に召さない　ようなので

方言を　使うのを　控えただけで

私は　お世辞　言いません

公爵さまを　率直な　言葉を使い

<ruby>騙<rt>だま</rt></ruby>した者が　いるのなら

明らかに　ごろつきですな

私はそんな　男ではない

ご不興を買い　申し訳ない

だが言っておく　公爵さまに　頼まれようと……

コンウォール

この男　怒らせたわけ　言ってみよ

オズワルド

心当たりは　ありません

王さまが　誤解をなされ

暴力を　振るわれて

この男　王さまの　ご機嫌を取り

---

[20]　ギリシャ神話の太陽神であるアポロンの別名

共謀し　私の足を　払って倒し
嘲り　毒づき　罵った
威張りかえって　英雄気取り
王さまの　お誉めをもらい　得意顔
それも皆　私自ら　自分を抑え
闘わずした　おかげです
そのことで　味を占め　またここで　私に向かい
斬りつけて　きたのです

ケント

臆病者の　ごろつきに　かかったならば
英雄の　アイアスさえも[21]　馬鹿に見えるな

コンウォール

足枷を　持って来い！
大ほら吹きで　堅物の老人だ
どうなるか　教えてやろう

ケント

学ぶには　高齢すぎる　足枷などは　ご無用に
王に仕える　この私　命により　ここに参った
その使者に　足枷かけるは
王のご威光　踏みにじり
王に対する　明らかな　敵対行為

コンウォール

21　トロイ戦争のとき、サラミス人を率いて参戦　アキレス
　に次ぐ英雄

足枷を　持って来い！
俺の命と　名誉懸け
正午まで　足枷の刑　与えるぞ！

リーガン

正午ですって！　夜までよ！　一晩中よ！

ケント

いかなる意図で？　私が王の　飼犬でさえ
そのような　扱いは
なさるべきでは　ありません

リーガン

王に仕える　悪党ゆえに　するのです

コンウォール

姉上の　知らせにあった　悪党の　片割れだ
さあ足枷を　掛けるんだ！
［足枷が運び込まれる］

グロスター

差し出がましい　お願いですが
足枷だけは　ご容赦を
この男　その罪は　重いもの
そのことは　王ご自身が
罰せられると　信じます
今なされてる　刑罰は　コソ泥や　下層の者の
ありふれた罪　犯した者に　するもので
王の使者にと　なされたならば

98

　　王の　　勘気に　　触れるはず

コンウォール

　　その責めは　俺が負う

リーガン

　　姉上ならば　もっとご気分　害される

　　ご自分の使者　使命を果たす　その際に

　　嘲られ　襲われたなど　聞かれたら ……

　　足枷を　はめなさい

　　［ケントは足枷を掛けられる］

コンウォール

　　さあ　参ろうぞ

（グロスターとケントを残し　一同退場）

グロスター

　　気の毒だ ……　公爵の　ご意向ではな

　　気質は皆が　知る通り

　　変えること　止めることなど　無理なこと

　　折を見て　取りなしてみる

ケント

　　お気づかいには　及ばない

　　夜を徹して　強行軍で　来たしだい

　　ひとまず　眠る　ことにする

　　目覚めたら　口笛吹いて　過ごします

足の動きが　不自由でさえ　善人の運　開けゆく
　　良い朝を　お迎えに　なられますよう！
グロスター
　　このことは　公爵に　非があることは　明らかだ
　　王のご不興　買うだろう

（グロスター退場）

ケント
　　我が王よ　世に言われてる　諺を
　　お認めに　なるでしょう
　　「天の恵みを　奪われりゃ
　　熱い日射しが　身に刺さる」
　　昇るのだ！　大地を照らす　篝火（かがりび）よ
　　その光　借り　手紙読む
　　奇蹟とは　惨めな者に　起こること
　　筆跡は　コーディリアさま
　　この私　身をやつし
　　王にお仕え　していることを
　　ご存知なのは　幸いだ
　　いずれ必ず　この世の乱れ
　　正す方策　見つけくださる　ことだろう
　　疲れ果て　寝不足だ
　　重い目が　恥ずべき宿を

100

見ずに済むのは　幸いだ
運命の　女神よここで　お休みだ
もう一度　微笑んでくれ
汝の車輪　回し続けて！
［ケント　眠りに就く］

第 3 場

森の中

（エドガー登場）

エドガー

僕を捕える　お触れが出てる
木の洞が　あったので　幸い　追手　逃れたが
港はみんな　閉鎖され
あらゆる所　僕　逮捕にと
厳しい監視　なされてる
逃げられるだけ　逃げのびる
これ以上ない　惨めで哀れ
そんな姿に　身をやつす
貧しさゆえに　人として持つ
尊厳を　奪われて　獣のように　這い回る
顔には泥を　塗りたくり

腰にボロ布　髪はボサボサ
天が与える　雨風に　裸身を晒す
この国に　立派な手本
ベドラム乞食　存在してる
喚き声上げ　痺れ　壊死した　腕を出し
そこに針　茨や釘や　ローズマリーの　棘を刺し
貧しい農家　ちっぽけな　集落を
それに加えて　羊小屋
水車小屋など　歩き回って
あるときは　狂気の呪い　祈りの言葉　囁いて
施し求め　彷徨い　生きる
「哀れな乞食　哀れなトムで　ございます」
これで何とか　生きられる
エドガーは　もういない

（エドガー退場）

────────────
22　ロンドンにあった精神病者施設 "St. Mary of Bethlehem"
　　の通称

第 4 場

グロスター伯爵の居城の前

（リア王　道化　紳士登場）

リア王

　二人は館　留守にして　送った使者を
　返して来ない　どうなってるか

紳士

　前夜まで　こちら訪問　予定なし

ケント

　我が王よ　ようこそ　ここへ！

リア王

　はあ！　何だその　ぶざまな姿
　生き恥を　余興にと　しておるか？

ケント

　いえ　まさか

道化

　ハハハ！　残酷な　ガーターベルト　付けてるね
　馬は頭に　犬や熊　その首に
　猿は腰　人は足にと　繋がれる
　人の足でも　浮気な足は
　木の靴下を　履かされる

リア王

　一体誰だ！　おまえはわしの　使者なのに

　足枷を　掛けたのは？

ケント

　それはあの　お二人で　娘さまと　ご主人さまで

リア王

　嘘だろう

ケント

　本当です

リア王

　絶対に　嘘！

ケント

　誓って嘘で　ありません！

リア王

　嘘だ　嘘！　真実ではない！

ケント

　真実です　本当に　真実です！

リア王

　ジュピターに懸け　嘘だと申す！

ケント

　ジューノに懸け　嘘でござらん！

リア王

_____

23　ローマ神話：結婚を司る女神

そんなことなど　するはずがない
出来ようなどと　思えない
人殺しより　なお悪い
敬意を払う　その代わり　暴挙に出たと ……
わしからの　使者に対して
このような措置　取るからに
何か理由が　あるはずだ
こんな処分に　値するほど
ひどい罪　犯したか？
手短に　言ってみろ

ケント

公爵さまの　館に着いて
王さまからの　お手紙を
跪き　お渡しせんと　立ち上がる前
汗にまみれて　臭い匂いの　使者がそこへと
息せき切って　現れて
女主人の　ゴネリルさまの　お手紙と言い
先着の　私　差し置き　手渡した
公爵夫妻　直ちにそれを　お読みになって
館の者を　お集めになり
そのあとすぐに　馬に乗り　こちらへと
私には　「ただついて来い」　それだけで
あとで返事は　するからと　冷たい視線
ここに来ますと　その使者と　また出会い

そいつのせいで　私の役目　台なしに

その男　王さまに　不遜な態度　示した奴で

もとより私　脳より腕を　使うの　得意

剣を抜いたら　その男　大声で　卑怯な叫び

それを聞き　公爵夫妻

私に罰と　恥ずかしめ　お与えに

道化

あっちのほうへ　雁が渡れば

冬はまだまだ　続くよな

　　父ちゃん　ボロ着りゃ

　　王っちゃん　見て見ぬ　素振り

　　父ちゃん　金　持ちゃ

　　Ｏ子ちゃん　親切

　　幸運な〜んて　「かごの鳥」

　　貧乏人は　かごの外

それにしたって　王っちゃん

数えるほどの　わずかな金は

娘さんから　もらえるね

リア王

　　ああ　女が罹る　病が内に　込み上げてくる

24　「父（トウ）」と「卜王［オウ］」の少々無理なギャグ

25　「王の子」：ゴネリルとリーガン

26　「シンセツ」は、どうして「親」を「切る」なのか?!　どう思われます？

27　「売春婦」の意味

106

ヒステリカ　パッショ[28]だな！

呼吸困難！　臓器よ　下がれ！

上がると　苦痛！

元いた場所に　戻らぬか[29]

その娘　どこにいる？

ケント

グロスター伯爵と　館の中に

リア王

ついて来るな　ここにおれ

紳士

お話しされた　事の他

何もなさって　おらぬのか

ケント

いや何も　だがしかし　どういうことだ

王のお供が　これだけなのは？

道化

そんなこと　聞くようじゃ

足枷を　掛けられたって　当たり前

ケント

どうしてだ？

道化

28　"Suffocation of the Mother"［母の窒息］と言われる病気で、
子宮と関連していると考えられていた。呼吸困難になる
29　「子宮」のあるべき位置の意味

蟻の学校　入学し　教えてもらえ
冬に働く　ことはない
目が見えりゃ　鼻が行くとこ　目で進む
臭い匂いの　する奴を
嗅ぎ分けられない　者いない
でっかい車　転げ落ちりゃあ
持った手は　離すもの
引っ張られると　首の骨　折られるよ
でも　それが　坂を上がりゃあ
引っ張って　もらいなよ
賢い人が　いいアドバイス　くれるなら
おいら与えた　忠告を　返しておくれ
馬鹿がいなけりゃ　忠告できん
要するに　道化がしてる
忠告なんて　馬鹿げてる
　　　カネがめあての　ケライなら
　　　したがってるの　しゅだんだよ
　　　あめがふりゃ　にもつをまとめ
　　　あらしになりゃ　おさらばだ
　　　だけど　ドウケは　ずっとのこって
　　　そばにいる
　　　ズルいやつらは　にげりゃいい

30　「道化」は "Fool"［馬鹿］と呼ばれていた

　　　　にげたズルらは　アホかドウケに
　　　　なるんだよ
　　　　でもドウケ　ちっとも　ズルにならないよ

ケント

　　そんな歌　どこで覚えた？

道化

　　ハメられて　足枷なんて
　　はめらること　ない所だよ

　　（リア王　グロスター登場）

リア王

　　会いたくないと！　病気だと！　疲れていると！
　　夜通しの　旅だった！　口実だろう
　　親に背いて　逃げ口上
　　少しはましな　返事をもらえ！

グロスター

　　王さま　公爵の　火にも似た
　　性格を　ご存知でしょう
　　一旦こうと　決めたなら
　　何があっても　自分の思い　変えたりしない

リア王

　　復讐と　疫病と！　死と混乱だ！
　　火にも似た　どんな性格⁉

おい　グロスター　グロスター！
このわしが　コンウォール　並びに妻と
話したい　そう申したぞ！
グロスター
はい　その通り　お二人に　伝えましたが……
リア王
「伝えました」と！　わしが誰だか
分かっておるか！
グロスター
はい　王さまで……
リア王
国王が　コンウォール公に
話すこと　あるのだぞ
かけがえのない　父親が
娘に話　あるのだぞ
命令だ　言うことをきけ！
このことを　「伝えました」で　済むものか！
わしの命や　わしの血を　分けた娘が！
火のような！　燃えやすい　熱っぽい公爵に！
いや　まだ早い　体の具合
悪いかも　しれぬから
健康ならば　できることでも
病気なら　どんな義務でも　果たせない
病めるとき　自然の理には　逆らえず

110

人は自分を　失いがちだ　心はじっと　体に委ね
為せるままで　いることだ　わしは今　我慢する
性急な　気持ちから　我を忘れて　カッとなり
病気の者を　健康と　思い違えた
[ケントを見て]　我が国は　死んだのか！
なぜこの男　ここに座って
いなければ　ならぬのか⁉
これを見るなら　公爵夫妻
わしに会わない　その裏に
何らかの　魂胆あるの　明白だ
わしの家来を　解き放せ！
公爵夫妻に　出て来るように　言って来い！
さあ今すぐだ！　わしの話を　聞かせてやるぞ！
出て来なければ　寝室の　ドアの前
太鼓ドンドン　打ち鳴らし
奴らの眠り　殺してやるぞ！

グロスター

穏やかに　話　決着
してくれるなら　よいのだが ……

（グロスター退場）

リア王

ああ心臓が！　高鳴り　揺れる！　落ち着けよ！

道化

　　王っちゃん　思い切り　叫ぶがいいよ

　　ロンドンの　下町女

　　ウナギのパイを　作るとき

　　生きたまま　ウナギをパイに　詰め込んだ

　　ウナギの頭　ニョキッと出たよ

　　それを棒でと　叩きつつ　叫んだ言葉

　　「甘やかされた　子よ　下に〜！　下に〜！[31]」

　　その弟が　これまた変で

　　「馬が好き　好き　大好きで

　　死ぬほど好きな　お馬には[32]」

　　乾し草に　バター[33]をベターッと　塗りつけた

　　（コンウォール　リーガン　グロスター

　　従者たち登場）

リア王

　　ずいぶんと　早起きだ　お二人ともに

コンウォール

　　ご機嫌よろしく

31　徳川家の大名行列のお先払いの掛け声
32　松尾和子＆和田弘とマヒナスターズの「お座敷小唄」の
　　一節をギャグに
33　原典 "butter"「バターをつける」と「おべっかを使う」の
　　二重の意味

　　[ケントの足枷を外すよう　指示する]

リーガン

　　お目にかかれて　光栄ですわ

リア王

　　そうだろう　理由があって　そう思うはず

　　「光栄でない」　そう言うならば

　　わしはなあ　墓に入った　おまえの母を

　　不貞の罪で　縁を切らねば　なるまいて

　　[ケントに]　やっとなれたか　自由の身

　　その件は　またあとにする

　　愛しいリーガン　おまえの姉は　ろくでなし

　　ああリーガン　あれはなあ

　　冷血に　尖った歯でな

　　ハゲタカのよう　わしのここ　噛みよった

　　[心臓を指差す]

　　どう話したら　いいのかさえも　分からない

　　あの下劣さは　言っても　おまえ　信じないはず

　　ああ　リーガン！

リーガン

　　どうかお心　お鎮めに　姉上が　子としての

　　お務を　怠たった　わけでなく

　　父上が　姉上の　心の内を

　　知らないのだと　思います

リア王

何だって？　どういうことだ?!

リーガン

　姉上に　手落ちがあった　ことでなく

　お供の者の　目に余る　狼藉行為
　　　　　　　　　ろうぜき

　抑えようと　目的あって　なされたのです

　濡れ衣ですよ　お父さま

リア王

　呪ってやるぞ　あの娘

リーガン

　お父さま　ご自分の

　お歳をどうか　お考え　いただいて

　天が与えた　お命も　その限界が　見えている

　ご自身よりも　誰かそのこと

　知ってる人に　お任せに　なってはいかが？

　お分かりならば　姉上の城

　お戻りになり　謝罪なされば　いかがです？

リア王

　謝罪だと？

　それが王家に　相応しい？　そう申すのか？

　「可愛い娘よ　耄碌したと　認めます

　老いぼれは　不用品」

　［跪いて］「跪き　お願いします

　寝床　食い物　着る物の　お恵みを」

リーガン

114

　悪ふざけ　おやめください　みっともないわ

リア王

　［立ち上がり］　いや戻らんぞ　リーガン

　ゴネリルは　わしの付人　半減させて

　嫌な目つきで　睨みつけ

　マムシのような　毒舌で

　わしの心臓　突き刺した

　天にある　復讐すべて

　恩を忘れた　ゴネリルの　頭上に　落ちろ！

　生まれくる　奴の子は

　大気にこもる　毒気によって

　五体満足　得させるな！

コンウォール

　おやおや　これは

　何ということ　おっしゃるか！

リア王

　凄まじい　稲妻よ！　目もくらむ　閃光の火で

　ゴネリルの　憎しみの目を　焼き焦がせ！

　燃える太陽　それにより

　吸い上げられた　沼地の毒素

　霧にまみれて　あの娘自慢の　美顔を潰し

　・・・・³⁴

　ハッシンで　腫れ上がらせば　それでよい！

34　「発疹」

リーガン

何とまあ　忌まわしいこと！　怒りの発作
ハッシン[35] すると　私にも
呪いの言葉　吐かれるのだわ……

リア王

いや　リーガン　わしがおまえを　呪うなど
絶対に　あり得ない　女らしくて　優しいおまえ
そんなおまえに　辛辣なこと　言うわけがない
ゴネリルの目は　獰猛で　狡猾[36] だ
おまえがくれる　眼差しは　心地良く　穏やかだ
わしの楽しみ　ケチをつけ　供の者　半減で
話すのも　喧嘩腰　小遣いも　カットして
挙句の果ては　門をロックし
わしを閉め出す　暴挙に出たぞ
おまえには　親子の情や　子の務め
礼を尽くして　恩に報いる　気持ちある
わしが与えた　領地半分
そのことは　忘れては　いないはず

35　「発進」：［始まる］の意味
36　ここに「プーチンのよう（狡猾だ）」と入れていたが、人間の普遍性を説いたシェイクスピアに申し訳ないと思い、最後の最後で断念した。ウクライナの人々を虐殺しているプーチンの目が私にはこのように見える。この注でさえ、ご批判を覚悟して書いている。それだけ私の義憤は凄まじいものがあるからだ

リーガン

　お父さま　「お話がある」　そうでしたよね
　話とは　何ですの？

リア王

　わしの家来に　一体誰が
　足枷を　掛けたのだ？
　［奥でトランペットの音］

コンウォール

　あの音は？

リーガン

　お姉さまよ　「そちらに行く」と
　お手紙に　ありました

　（オズワルド登場）

　あなたの主人　ここに着かれて？

リア王

　おい　下郎！　実にむら気な
　ゴネリルに　付き従って
　いい気になって　気取ってる　悪党め！
　目障りだ　消え失せろ！

コンウォール

　国王陛下　いかがなされた！

リア王

誰なのだ？
わしの家来に　足枷を掛けたのは
リーガン　わしはおまえが　このことに
関係ないと　信じてる
そこに来るのは　一体誰だ？

（ゴネリル登場）

おお　神よ　もし老人を　憐れんで
恵みの心　統治する　世界にて
従順が　良きことと　お勧めに　なるのなら
また　神様が　自<rt>みずか</rt>らも　ご高齢なら
その年を　理由にし
天使遣わせ　私のことを　お助けを！
［ゴネリルに］　おまえ　この髭　見るだけで
恥ずかしく　思わぬか
ああ　リーガンよ　ゴネリルの手を
まさか取るでは　ないだろう

ゴネリル
どうして　それが　だめなのですか？
この私　何か罪でも　犯しましたか？
耄碌したり　分別のない　老人は
普通のことを　ひどいなど
邪推すること　ありますね

118

リア王

　ああ　わしの胸　タフすぎる

　こんなことにも　持ち堪えてる

　足枷が　家来の足に

　掛けられたのは　なぜなんだ!?

コンウォール

　掛けたのは　私です

　だが彼の　無分別　侮蔑に値　いたします

リア王

　おまえ?　おまえがしたと　言うのだな

リーガン

　お父さま　お願いよ　弱い人なら

　弱そうに　振る舞って!

　約束の　最初のひと月　終わるまで

　姉上の所へと　戻られて

　お供の者を　半減させて

　そのあとで　私の所　来てくださいね

　今は館を　留守にして

　お父さま　お迎えの準備

　まだ整って　おりません

リア王

　姉のもとへと　帰れだと!?

　五十人　解雇する?

　いやだめだ　それだけは　いたさぬぞ

屋根の下　住むよりは　大気を敵に　してまでも
狼や　梟を　友として
必要性に　迫られて　生きていく！
ゴネリルのもと　帰れだと！
ああ　そうならば　感情的な　フランス王は
持参金なく　末娘　娶ったが
彼の城　赴いて　家来のように　跪き
つつましやかな　暮らし支える
給金のお恵みを　そう乞い願う
そんな娘の館には　戻ることなど　絶対しない！
［オズワルドを指差して］　戻るより　この悪党の
下僕になるか　駄馬になるのが　まだましだ

ゴネリル

お好きなように　なさいませ

リア王

どうか　娘よ　わしの気を
狂わさないで　くれないか
だがもういいぞ　おまえの世話に　ならぬから
もう二度と　会うことないぞ　これが最後だ
絶対に　顔など見ない
だが　おまえ　我が血肉　我が娘
その中に　巣くう病毒
それも所詮は　わしのもの
おまえ　腫れ物　吹出物

わしが生んだ　皮膚腫瘍

それで　おまえを　咎めはしない

恥ずべきときが　やって来る

雷の神　呼び出して

雷　落とせ　命じもしない

気象現象　司る　ジュピターに

お裁き願う　こともない

できるとき　来たならば　改めよ

いつの日か　まともな人に　なるように

わしは我慢し　それを待つ

リーガンの所にて　滞在いたす

百人の騎士　連れ立って

リーガン

その通りには　参りませんが

いらっしゃるのは　まだ先のこと

突然の　お越しには

準備まだ　整って　おりません

姉上の　言われることに

少しは耳を　お貸しになって

理屈を言うに　激しい言葉　お使いになる

お父さまには　ご自分が

お年であるの　お認めください

お姉さまには　よく考えた　末のこと

リア王

それは本気で　言っておるのか？

リーガン

本気でいます　従者みんなで　五十人

充分ですわ　それ以上　何が必要？

五十人でも　多すぎますわ

そんな人数　費用もかかり　危険です

一つの館　指揮系統が　二つあり

そんな人数　どう制御　できますか

困難ですね　不可能ですわ

ゴネリル

私の館　妹の所も　従者なら

お世話するには　充分に　足りてます

リーガン

その通りです　彼らに何か　落ち度があれば

私ども　叱ります

今でさえ　危険な予兆　私の所　来られるのなら

お供の数は　二十五人に　していただくわ

それ以上では　部屋の確保も

お世話のことも　無理ですわ

リア王

わしはすべてを　与えたのだぞ　おまえたちにと

リーガン

くださったのは　良いタイミング

リア王

　　娘二人を　後見人に　この身預けた

　　だが百人の　供をつけると　留保があった

　　二十五人に　削らねば

　　入れないとでも　申すのか？

　　リーガン！　いや確か　そう言った⁉

リーガン

　　お父さま　もう一度　申します

　　それ以上では　拒否します

リア王

　　悪人も　より悪辣な　悪人来れば

　　少しはましに　見えるもの

　　最悪で　ないことが　称賛に　値する

　　[ゴネリルに]　おまえのもとに　戻るといたす

　　おまえの五十　二十五の　倍だから

　　おまえの愛は　二女の二倍だ

ゴネリル

　　お聞きください　お父さま

　　二十五人も　なぜそんな数　必要ですか

　　十人　五人　それでも多い

　　同じ館に　住んでいて

　　お仕えするに　充分な数　揃ってるのに

リーガン

　　一人にしても　必要ないわ

リア王

よく聞けよ　必要性の　問題でない
いかに卑しい　乞食でも　貧しい中に
不必要だと　思える物を　持っている
必要外の　物持つの　禁じるならば
人間の　生活は　野獣同然
惨めなものに　なるだろう
温かさのみ　必要ならば
そんな衣服で　なくてよい
おまえは　レディー　必要だろう　ゴージャスな服
そんなもの　温かさなど　与えない
だが本当に　必要なのは……
おお　神よ　忍耐力を　お与えください
それこそが　私が今　必要なもの
ご覧ください　今ここに立つ
年の数ほど　悲しみに　満ちた老人
あなたが　もしも　娘らに　父に歯向かう
気持ちなど　扇動されて　いるのなら
もうこれ以上　その屈辱を　おめおめと
耐え忍ばせる　ことだけは　おやめください
威厳ある　憤りにて　この私
奮い立たせて　女の武器の　涙など
男の頬に　流させるなど　なさらずに！
ろくでなしだぞ　娘ども
きっと復讐　してやるぞ

まだそれが　いかなるものか　分からぬが

この世の皆_{みな}が　アッと驚き

大地怯える　ことになる

わしが泣くなど　思うでないぞ　わしは泣かぬぞ

［遠くで雷鳴の音］

泣くべきわけは　山ほどあるが

泣くまでに　この心　粉々に　砕け散る

おお　道化　わしの心は　狂いそう！

（リア王　ケント　グロスター　紳士　道化退場）

コンウォール

中に入ろう　嵐が来るぞ

リーガン

この館　手狭_{てぜま}です

老人と　供の者　皆入れるなど　無理なこと

ゴネリル

自業自得よ　安楽を　捨てたのだから

愚かさの　結果しっかり　味わうべきよ

リーガン

一人だけなら　構わないけど

供まわりなど　誰一人　受け入れないわ

ゴネリル

私もよ　グロスターさま　今どちら？

125

コンウォール

　王のあと　付き従った

　ほらそこに　戻って来るぞ

　（グロスター登場）

グロスター

　王さまは　ひどい剣幕でご立腹

コンウォール

　どこへ　行かれた？

グロスター

　馬を命じて　おられたが

　どこへなのかは　分からない

コンウォール

　好き勝手にと　放っておけば　それでよい

　人の言うこと　耳貸さぬ

ゴネリル

　グロスターさま　父のこと　お引き留めなど

　決してなさる　ことなきように

グロスター

　ああ　何てこと！　夜が来る

　寒々とした　風が激しく　唸りゆく

　この辺り　数マイル　木立など　何もない

リーガン

126

でもね　伯爵　頑固な人は
自らが　招いた痛み　その痛み　教師と思い
学ばねば　なりません　城門を　閉めなさい
お供の者は　ならず者
老人を　唆し　何をするのか　不透明
用心に　越したこと　ありません

コンウォール

城門を　閉ざすのだ！　大荒れの　嵐になるぞ
リーガンの　言う通り　嵐を避けるの　賢明だ

（一同退場）

第3幕

第1場

嵐　雷鳴　荒野

（ケント　紳士　左右から登場）

ケント
　この嵐　その中を　一体誰だ？
紳士
　天気のように　心乱した　人間だ
ケント
　あなたなら　知っている　王はどちらに？
紳士
　荒れ狂う　自然に向かい　戦い挑み
　「大地を海に　吹き落とせ
　さもなくば　逆まく波で　大地埋め
　あらゆるものを　変化させ
　天の形に　戻すのだ」
　悲痛な声で　叫んでられる
　目も開けられぬ　激烈な風

128

白髪を　引き裂かれても　気にもせず

人間の　小宇宙

狂気の風雨に　負けまいと　戦い挑み

こんな夜　攻撃的な　子育て中の

母熊さえも　穴籠り　ライオンや　飢えた狐は

毛が濡れぬよう　隠れてるのに

王は帽子も　被らずに　走り回って

「欲しければ　何でも取れ！」と

叫び続けて　おられます

ケント

おそばにいるの　誰ですか？

紳士

道化だけ　たった一人で　王さまの　心の傷を

癒そうと　冗談ばかり　言っている

ケント

あなたのことは　存知上げてる

それを頼りに　折り入って　お願いがある

表立っては　平常を　取り繕うが

オルバニー公　コンウォール公

その間には　不和が生じて　きています

誰しも同じ　ことではあるが

幸運の星の下　高い地位にと　昇り詰めたら

我が国の　情報を　フランスへ

流すスパイが　必ずいます

両公爵の　口喧嘩　陰謀や
お二人が　老いた国王
いかに邪険に　扱って　いるのかも
ことごとく　フランスに
通報されて　いるのです
こうしたことは　表面だけで
本当は　さらに深刻　かもしれません
現実は　フランス軍が　分断された　王国に
軍事進攻　するかもしれぬ
我らの油断　見透かして
良港の　いくつかに　潜入し
彼らの軍旗　今すぐに　掲げることも　あり得ます
それであなたに　頼むのは
どうか私を　信じてくれて
ドーヴァーに　急いで行って　くれません？
そこには　あなた　迎える方が　おられます
王が受けたる　非情な仕打ち
気も触れるほど　悲嘆の底に　おられることを
その方に　お伝え願う
この私　生まれも地位も　見劣りしない
あなたのことは　知っていて　信頼できる
それであなたに　お願いしてる

紳士

もう少し　お伺い　したいのですが

ケント

　いや　それは

　私が実は　この身なり　以上の者の　証拠とし

　この財布　開けられて

　入ってる物　お取りください

　コーディリアさま　お会いになれば

　そうなることと　信じてますが

　この指輪　お見せください

　そうすれば　私が誰で　あるのかを

　今　知らずとも　お分かりになる

　ああ　ひどい嵐だ　王を捜しに　出かけます

紳士

　握手をしよう　何か他には　言うことは？

ケント

　たった一言　何よりも　大切なこと

　あなたはあちら　私はこちら　お捜しし

　王さまを　見つけしだい

　大声で　お互いに　知らせることに……

　（二人　左右に別れて退場）

荒野の別の場所

（リア王　道化登場）

リア王

　吹け　風よ　汝の頬(ほほ)を　ブチのめせ！

　荒れ狂い！　吹け！

　洪水となり　竜巻起こせ！

　尖塔(せんとう)の先　風見鶏　溺れさせ

　一瞬の　硫黄(いおう)の炎

　樫の木を裂く　雷の　先駆けよ

　わしの白髪(しらが)を　焼き焦がせ

　天地揺るがす　雷の神

　この世にあって　丸々とした腹(はら)　打ち破れ！

　自然の母胎　砕(くだ)き割り　恩を忘れる　者どもを

　生み出す種を　破壊せよ！

道化

　おお　王っちゃん　家の外　こんなにも

　ひどい雨など　打たれるよりは

　雨が入らぬ　家の中　口当たりいい　お世辞でも

　聞いてるほうが　ずっといい

　人のいい　王っちゃん

中に入って　娘さんらに　詫びを入れなよ

こんな夜　賢い人も　言いたくないが　道化でも

揃い揃って　哀れだよ

リア王

雷よ　鳴らせる限り　大爆音で　打ち鳴らせ！

吐けよ　火を！　吹き落とせ　雨！

雨や風　雷や火は　我が娘では　ないはずだ

自然の要素　おまえらを

情け知らずと　責めはせぬ

おまえらに　王国は　与えていない

我が子と呼んだ　こともない

わしに従う　義理などは　何もない

思うがままに　恐ろしい　快楽に　耽(ふけ)るがよいぞ

この場にわしは　立っておる

おまえらの　奴隷の身　哀れで虚弱　体　衰え

誰からも　蔑(さげす)まれてる　年寄りだ

だがしかし　わしにとっては

おまえらは　卑劣な輩

邪(よこしま)な　娘らに　加勢して

天上の軍勢を　差し向けて

白髪(はくはつ)の　老人を　攻め立てる

ああこれは　卑劣なことだ！

道化

頭隠せる　家持つ人は

良い頭　持ってるね

　　　家がないから　空巣（カラス）の頭

　　　股にできたの　Ｆカップ　股ブラだ[37]

　　　家がないのに　女ができりゃ

　　　わくわくしても　シラミわく

　　　頭じゃなくて　つま先で　考えりゃ

　　　マメじゃなくても　空マメ頭

　　　カ・ラ・ス・麦　カーカー　ナ・いて　ナ・き寝入り[38]

　　　しまいには　麦・枯・ら・す

　　　要するに　可愛い娘でも

　　　鏡に映る　自分を見れば

　　　つくり笑いを　するってことさ

（ケント登場）

リア王

　　いやわしは　「耐えなば　耐えね[39]」そのお手本だ

37　ヘンリー八世以後、エリザベス朝でも、男らしさを誇示するために、貴族男性のファッションとして、股間に詰め物を入れた袋をつけていた。［古語　股袋］→［新日本語 股ブラ］シェイクスピアは自分勝手に新英語を作っていた。筆者も真似た。現在の女性がブラジャーにパットを入れて、バストを大きく見せて、女らしさ？を強調しているのと同じ

38　「泣いて」／「鳴いて」の二重の意味

39　百人一首　式子内親王　「玉の緒よ　絶えなば　絶えねながらへば　忍ぶることの　よわりもぞする」のギャグ

「忍ぶること」に　務めるぞ

ケント

そこにいるのは　誰なんだ？

道化

へ～イ　賢人と　シャレ男

言い換えますと　王と道化で

ケント

ああ何と！　こんな所に　おられたか？

夜好む　生き物も　こんな夜なら　嫌うはず

怒り狂った　天空が　闇にうろつく　者たちを

洞穴に　閉じ込める

あれほどの　天を覆った　稲妻や

これほどの　凄まじい雷の　爆音や

風や雨　吠え暴れるの

見たことも　聞いた記憶も　ありません

人間の　本性を　考えるなら

それほどの　苦悩や恐怖　耐えられぬ

リア王

我々の　頭上にて

恐怖に満ちた　騒動を　起こされている　神々よ

今ここに　神々に　背く者らを　発見されよ

震え恐れよ　悪党たちよ！

正義の鞭を　まだ受けずして

心の底に　罪抱く者　身を隠せ　手を隠せ

偽証した者　貞節を　装って　不貞働く　男と女
悪人どもめ　わなわなと　震えるがいい
巧みな偽装　その裏で　人の命を　狙った輩
固く封じた　罪業を　はじき出せ
恐るべき　神々の　召喚の声　聞くがよい
わしはなあ　罪などを　犯しはせぬが　犯された

ケント

ああ陛下！　雨風に
打たれたままの　お姿で　痛ましい
このすぐ近く　掘立小屋が　ございます
嵐を凌ぐ　役に立つ
そこでしばらく　お休みを
その間　私は　冷酷な　館へと　戻ります
石造りなる　館より
冷たい心　持つ人たちが　巣くってる
たった今　陛下の様子　聞こうとしても
門固く　閉ざされたまま
すぐ戻り　何があろうと
礼節を　忘れぬように　説得します

リア王

気が狂い　始めたぞ
［道化に］元気だせ　どうかしたのか？
寒いのか？　わしも寒いぞ！
［ケントに］どこなのだ？　その小屋は？

貧困は　不思議なものだ
卑しい者を　尊い者に　変える力を　持っている
さあ行こう　その小屋へ
不憫な道化　わしの心の　どこかには
おまえ哀れむ　情けある

道化

ちっぽけな　オツムしかない　お方には
ヤッホホホ　雨と風
運に任せて　暮らしてりゃ　毎日　毎日
雨が降る降る　雨ばかり

リア王

言う通りだな　さあ小屋へ

（リア王　ケント退場）

道化

こんな夜　高級娼婦
熱さますには　もってこい
行く前に　一つ予言を　しておこう
　　「歯なしの司教　話はなくて
　　ビール造りに　モルトはなくて
　　仕立屋の　師匠には　貴族がなって
　　異端の女　火あぶりに　ならなくて
　　娼婦の客が　泣く泣く　逆に　そうなって

裁判すべて　間違いなくて

　　騎士も従者も　借金なくて

　　誹謗中傷　する者なくて

　　スリは人混み　出ては　来なくて

　　高利貸し　野原にて　金勘定して

　　ポン引き　娼婦　教会を　創ったりして

　　アルビオンの[40]　王国は　混乱して

　　そんなときまで　息をして

　　人は足にて　歩行して」

　この予言　マーリン[41]　話して

　このおいら　彼よりも　ずっと昔の　者でして

　（道化退場）

40　「イギリス」の昔の呼称。「白い国」の意味。ドーヴァー海
　峡に面する南部海岸に白亜質の断崖が続くことに由来する
41　アーサー王伝説に登場する予言者

第3場

グロスター伯爵の居城の一室

（グロスター　エドマンド登場）

グロスター

　大変だ！　大変だ！

　こんな非情な　やり方は　良くないぞ

　王さまに　お情けを　そう申したら

　公爵夫婦　わしの館を　取り上げて

　王さまのこと　口出しするな　嘆願するな

　援助など　したならば

　絶対に　許しはしない　そう責められた

エドマンド

　なんて残酷　非人情！

グロスター

　いや何も　言ってはならぬ

　公爵二人　その間には　亀裂が入り

　さらにそれより　危険な事態

　今夜　手紙が　送られてきた

　口には出せぬ　内容だ

　クロゼットにと　手紙は仕舞い　ロックした

　王さまが　受けた屈辱

相応の　リベンジが待つ

フランス軍の　先鋒隊が

すでに上陸　していると

王さまに　急ぎお味方　しなければ

王さまを　探し出し　こっそりと　お助けするぞ

おまえのほうは　公爵の　お相手をして

わしの王への　心配りを

気づかれぬよう　するのだぞ

わしのこと　聞かれたならば

病床に　伏せっていると　言っておけ

王さまのため　我が命　落とすとしても ……

実際に　それほど強く　脅かされたが

我が主人　王さまを　助け出さねば

この先何が　起こるか知れん

気をつけて！　エドマンド

（グロスター退場）

エドマンド

王に対する　忠義など　禁じられてる

すぐにでも　公爵に　知らせよう

手紙の件も　付け足して

これは手柄に　なりそうだ

親父さん　あんたが失くす　物みんな

　ごっそり俺が　頂くぜ
　年寄り一人　転んだならば
　若者一人　起き上がる

（エドマンド退場）

第4場

荒野　小屋の前

（リア王　ケント　道化登場）

ケント
　こちらです　さあ陛下　お入りを
　荒れ狂う　嵐の中の　荒野など
　人にはとても　耐えられません
　［嵐は続く］
リア王
　放っておいて　くれないか
ケント
　陛下　さあ　お入りを
リア王
　わしの胸　切り裂くか?!
ケント

切り裂くのなら　私の胸を
とにかく中へ　さあ　陛下

リア王

激しい嵐　我々を　ずぶ濡れにする
皆（みんな）は思う　大変なこと　起こったと
きっとおまえも　そうだろう
重い病に　罹ったならば
軽い病は　気にならぬ
熊に遭ったら　逃げるだろ
だが逃げる先　荒れ狂う海　それしかなくば
立ち向かうのは　熊のはず
心が自由で　あるのなら　体　敏感　なるはずだ
心に嵐　吹きすさぶなら　他の感覚　消え失せる
ただ一つ　あるものは　この胸を打つ …… 親不孝
あの口が　手に載せた　食べ物を　食べるのに
手までガリッと　嚙みついたのと　同じこと
徹底的に　罰してやるぞ
もう泣かないぞ　こんな夜　わしを閉め出す？
雨よ降れ　もっと降れ　耐えてやる
こんな夜？　おお　リーガン　ゴネリル！
老いた　優しい　父親は
惜しみなく　愛のすべてを　与えたはずが ……
ああ　そう思うなら　気が狂う
それは避けよう　もうやめよう

142

ケント

　さあ陛下　どうぞこちらへ

リア王

　いや頼む　おまえが入り　休めばよい

　嵐の中に　身を置くと

　辛_{つら}いことなど　考える　暇_{いとま}がないわ

　だがわしも　入るとしよう

　［道化に］　おい道化　おまえが先だ

　家を失くした　貧しき者よ　さあ早く　入るのだ

　わしはなあ　貧しき者に

　祈りを捧げ　それから　休む

　［道化　入る］

　素肌出す　哀れな者よ

　どこにいて　無情な嵐

　その雨や風　耐え忍ぶのか

　家もなく　食べ物もなく

　穴が開き　ボロ布を　纏_{まと}うだけ

　こんな嵐を　いかにして　凌ぐのか？

　ああ　わしは　今の今まで

　おまえらのこと　気づかなかった

　驕_{おご}れる者よ　心せよ　汝自身も　身を晒し

　貧しさを　感じ取り　余分な物は　分け与え

　神々の　正しきことを　示すのだ

エドガー

［小屋の奥で］　両手広げて　その半分で[42]
両手広げて　また半分だ！
哀れなトムだ！
［道化　小屋から飛び出す］

道化

入っちゃダメだ　王っちゃん
お化けがいるよ　助けてェ～！　助けてェ～！

ケント

助けてやるが　誰がいるのだ？

道化

お化けだ　お化け！　哀れなトムって　言うらしい

ケント

藁の中　ブックサと　誰なんだ？　姿を見せろ！

（狂人のふりをして　エドガー登場）

エドガー

どっかへ行きな！
汚れちまった　悪魔が俺に　ついてくる！
冷たい風が　サンザシの
棘の隙間を　吹き抜ける
ウフェ～！　寒いぞ！　寝床に入り　温まれ

42　エドガーは水夫のふりをして、水深を測っている

リア王

　何もかも　娘にやって　しまったか？

　それゆえに　そんな姿に　なり果てた？

エドガー

　哀れなトムに　お恵みを　邪な　悪魔が俺を

　火や炎　浅瀬渦巻き　沼地や湿地　引き回し

　枕の下に　ナイフを隠し

　椅子の下には　首吊り縄を

　猫いらず　オートミールの　そばに置く

　自慢げに　幅４インチ⁴³　狭い橋

　鹿毛⁴⁴の馬乗り　早足で　渡ったり

　自分の影を　敵に見立てて　追いかける

　幸いあれよ　おまえの「五力⁴⁵」

　トムは寒いよ〜　ああ　凍えるよ〜

　しばれるし　凍てつくし

　つむじ風　星の祟りや　疫病に　罹らぬように

　哀れなトムに　お恵みを

　邪な　悪魔が俺を　苛めるんだよ

　ほら　捕まえた

　今　そこで　ほら　あそこだよ

　［嵐は続く］

43　１インチ＝約 2.5 cm

44　馬の毛色の種類　鹿の毛のように茶褐色

45　知力、構想力、空想力、判断力、記憶力の五つ

リア王

何だって！　娘のせいで　そこまで落ちた？

何も取っては　おかなかったか？

何もかも　くれてやったか？

道化

いいや　毛布は　取っておいたさ

そうじゃないなら　こっちのほうが　恥ずかしい

リア王

罪を犯した　定めとし　漂う大気

その中にある　毒気のすべて

おまえの娘　その上に　降り落ちろ！

ケント

この男には　娘はいない

リア王

死罪だぞ　反逆者！

不実な娘　いないのに　これほどまでに　人間が

落ちぶれるなど　あり得ない

捨てられた　父親が

自分の体　苛まれるの　流行なのか？

当然受ける　罪なのだ！

わしの体が　このような

ペリカン娘を　生んだのだから

46　"Pelican"「ペリカン」は雛が死んでも蘇生させようとせず、
それを食べてしまうとされていた

エドガー

　・・・・⁴⁷　・・・・⁴⁸　　_{のぼ}
　ダンコンが　ピリコンの丘　上ったら
　ウァ〜　ウァ〜　ヤ〜　ヤ〜！

道化

　こんなにも　寒い夜　おいらたち
　みんな<ruby>皆<rt>みな</rt></ruby>　馬鹿となり　狂ってる

エドガー

　気をつけろ　邪悪な悪魔
　約束守れ　親の言うこと　従って
　罵声をやめろ　人妻に　手を出すな
　リッチな服に　惑わされるな
　トムは寒いよ〜

リア王

　昔は何を　しておった？

エドガー

　使用人だよ　胸にプライド　髪はカールで
　帽子には　手袋かざし
　暗闇で　奥さまの　欲望満たし
　ありとあらゆる　誓いを立てて
　ハレンチに　片っ端から　破るんだ

47　原典 "Pillicock"　シェイスクピア特有のペリカンをもじっ
　た新語であり、"darling" 夫婦、恋人間の［あなた、おまえ］
　の意味もあり、男性器の俗語 "cock" の裏の意味もある
48　筆者の作った新語「クライマックス」の意味

寝るときに　情欲起こし

起きたとき　それをヤル

深酒好きで　賭博漬け

ペルシャの王も　顔負けの　愛人の数

心には　裏切りが

耳よりな　噂話に　聞き耳立てて

手は血まみれで　だらしないこと　豚のよう

狡猾なこと　狐のよう

貪欲なこと　狼のよう

狂気なことは　犬のよう

獰猛なこと　ライオンのよう

かすかに響く　靴音も

衣擦れの音　聞こえても
<ruby>衣<rt>きぬ</rt></ruby>擦れの音⁴⁹

浮かれ心は　起こさずに

売春宿に　足　運ばずに

スカートの　隠しポケット　手を入れず

金貸しに　金借りず

邪な　悪魔など　寄せつけず

サンザシの　隙間から

冷たい風が　吹きすさぶから

ヒュー　ヒュー　ヒューと

悪魔の野郎　さあさ　この人　通してやれと ……

49　シルクのロングドレスを着た貴婦人の足音

［嵐は続く］

リア王

この極限の　寒空の下（もと）　素肌にて　耐え忍ぶより

墓で静かに　眠るのが　順当だとは　思わぬか?

人間などは　ただこれだけの　ものなのか?!

この男　よく見るがいい

蚕から絹を　動物からは　毛皮など

羊から　羊毛を　猫から　麝香（じゃこう）50　もらっておらぬ

はあ！　ここにいる　三人は　偽物だ

おまえだけが　本物だ

虚飾なき　人間なるは

このような　素肌で　哀れ

二本の足の　動物なのだ

こんな借り物　脱ぎ捨てる

さあ　この服の　ボタンを外せ

［服を引き破ろうともがく］

道化

頼むから　王っちゃん　落ち着いて

泳ぐには　ひどい夜だよ

あれっ　見てごらん　女好き　爺（じい）さまの

ハートに灯る　残り火みたい

色気（いろけ）づく　荒野に一つ　ちっちゃな火

50　アフリカのジャコウネコから得られる香料

体の残り　全体は　冷え冷えなのに
ほら　あそこ！　火が歩いてる

(松明を持ち　グロスター登場)

エドガー

これは悪逆　悪魔だぞ

晩鐘のあと　うろつき出して

一番鶏が　鳴き出すまでだ

人の目を　白内障や　斜視にして

唇を　公唇裂に^{こうしんれつ 51}

麦に白カビ　生やしたり

地中に生きる　虫たちを　傷つける

聖者さま　魔除けに野原　歩いて三度

ついに出会った　夢魔^{む ま 52}と小悪魔　三・三が九匹

聖者さま　叱って言った　その言葉

「人に憑くなよ^つ　悪夢　見せるな

すぐに立ち去れ　消え失せろ」

ケント

陛下　どうなされたか？

リア王

51　原典 "harelip": (野兎の唇) 先天的に唇が裂けている人

52　原典 "night-mare": night (夜) + mare (メスのロバ) [眠っている女を犯す悪魔]

150

あれは　何者？

ケント

そこにいるのは　誰なのだ？　何の用事か？

グロスター

そちらこそ　何者だ？　名前は何だ？

エドガー

哀れなトムだ　アカガエル　ヒキガエル
オタマジャクシに　ヤモリやイモリ　食らいつき
水を飲み　吐き気がし　悪魔が腹で　ゴロつくと
サラダ代わりに　牛の糞　食べ
ドブネズミ　犬の死骸に　かぶりつき
アオミドロ　いっぱいの　溜り水飲む
村から村へ　追い立てられて
鞭打たれ　足枷を　掛けられて
牢獄に　入れられて
昔はスーツ　三着と　シャツ六枚も　持っていた
馬に乗り　剣を下げ
でも　七年も　トムの　食べ物
ネズミや小鹿
俺の追っかけ　悪魔には　気をつけろ
静かにしろよ　スマルキン[53]
静かにしろよ　小悪魔ら

_____

53　小悪魔の名前

グロスター

　何てこと！　こんな者らが　お供とは

エドガー

　闇の王は　紳士だぞ

　その名は　モウドー　別名マフー

グロスター

　我が血肉　分けた子が　下劣な者に　なり下がり

　自らの親　憎むのですよ

エドガー

　哀れなトムは　寒いよ〜

グロスター

　我が館へと　お越しください

　娘さまらの　冷酷な　命令に

　従うならば　私の責務　果たせない

　お二人の　命令は　門を閉じ

　荒れ狂う　嵐の夜

　風雨の中に　陛下　晒せと　ご命令

　あえて私は　陛下　捜しに　参ったしだい

　火と食事ある　所へと　ご案内　いたします

リア王

　その前に　この哲学者

　共に　少しは　話がしたい

　［エドガーに］　雷の　原因何か？

ケント

152

[リア王に]　この申し出を　受け
館へと　参りましょう

リア王

わしはなあ　テーベの学者[54]
その人と　話がしたい
[エドガーに]　何の研究　してられる？

エドガー

害になる　生き物の　駆除と魔除けだ

リア王

一つこっそり　ご教授を　願いたい

ケント

[グロスターに]　もう一度　行くように
誘っては　いただけないか

グロスター

ああなったとて　しかたない
[嵐は続く]
実の娘に　命まで　狙われてはな
ああ！　あの誠実な　ケント候
追放された　哀れな人だ
こうなることを　予言されてた
「王は気が　触れるはず」　そうおっしゃった
だがわしも　同じほど　気が狂いそう

54　ギリシャの都市国家の一つ

わしに息子が　いたのだが　勘当したわ

その理由　わしは命を　狙われた

しかもつい　最近のこと

目に入れても　痛くない程[55]　可愛いがってた

どの父親も　わしほど息子

大事にすると　思えない

悲しさで　気が変になる　何という夜！

[リア王に]　どうか王さま　お聞きになって！

リア王

すまないが　ご立派な　学者殿

お供をさせて　もらいます

エドガー

トムは寒いよ～

グロスター

さあ中へ　小屋の中　少しはましだ

リア王

さあ皆で　中に入ろう

ケント

[リア王に]　こちらです

リア王

[エドガーを指差して]　あの人と　一緒にな

わしは学者と　離れない

55　グロスターに起こることの伏線

154

ケント

　　［グロスターに］　王さまを　お慰め　するために

　　この男　一緒に連れて　行きましょう

グロスター

　　おまえが連れて　来てくれないか

ケント

　　おい　おまえ　我らのあとに　ついて来い

エドガー

　　騎士願望の　ローランド

　　やって来たのは　薄暗い塔

　　怪物　現れ　「おや　いや　変だ

　　英国人の　血が匂う」[56]

　　（一同退場）

――――――――――――

56　恐らく、中世のバラッド［民間伝承の物語詩］：海の怪
　物にさらわれ、魔法の城に幽閉されていた姉を救うために
　ローランドはその城に潜入。姉を救う前に怪物が戻ってき
　て、ローランドの匂いを嗅ぎ分け、異変に気づく

第５場

グロスター伯爵の居城の一室

（コンウォール　エドマンド登場）

コンウォール

この館　去る前に　思い知らせて　やるからな

エドマンド

親子の情に　背いてまでも　まず忠義　重んじた

あとの誹りは　免れません

そんなこと　考えますと

空恐ろしく　なってきますが……

コンウォール

思い返すと　おまえの兄が

父親の　命狙った　ことでさえ

すべてが兄の　邪な　性格のせい　とは限らない

父親自身　非難を受ける　欠点が

発端だった　そうとも取れる

エドマンド

我が運命は　悲惨です

正義を為した　ことにより

悔やまねば　ならぬとは

これがその　父が話した　手紙です

　　フランスのため　父親が
　　スパイ活動　していたことは　明白ですね
　　ああ神よ　こんな反逆　なかったならば！
　　ましてや　私　告発者とは！

コンウォール

　　妻の所へ　ついて来い

エドマンド

　　手紙にあった　この内容が　確かなら
　　緊急事態　そのご準備を

コンウォール

　　真偽と別に　俺はおまえを
　　グロスター　伯爵とする
　　父親の　居場所必ず　突き止めておけ
　　今すぐにでも　逮捕する

エドマンド

　　［傍白］親父が王の　世話でもしてりゃ
　　嫌疑の裏は　しっかり取れる
　　［声高く］親子の情に　苛まれても
　　公爵さまに　忠義を尽くす　所存です

コンウォール

　　わしはおまえを　頼りにしてる
　　実の父親　以上だと　思えばよいぞ

（コンウォール　エドマンド退場）

第6場

農家の部屋

（グロスター　ケント登場）

グロスター

　こんな所も　外よりは　ましでしょう

　どうか神には　感謝の気持ち

　居心地も　良くなるように

　身繕い　必要なもの　持って来る

　すぐにまた　戻ります

ケント

　五つの知力　もどかしさゆえ　機能せず

　隠された　親切は　神もお認め　くださるはずだ

（グロスター退場　リア王　エドガー　道化登場）

エドガー

　フラタレット[57]が　僕を呼んで　言うんだよ

　「ネロ[58]　底なしの　湖の　水深測る

57　悪魔の名前

58　ギリシャ神話：ネロは冥界に通じる底なしの湖の水深を
　　測った。そのおかげでディオニソス［ワインの神］は、母親
　　セメレーを冥界から救出できた

158

　そのために　釣糸垂れる」

　おい　無実の者よ　邪な　悪魔には　気をつけろ

道化

　ねえ　王っちゃん　教えとくれよ

　·キ·ョ·ウ·ジ·ン[59] な　頭の者は　紳士なの？

　郷士[60] なの？

リア王

　王さまだ！　王さまだ！

道化

　息子　紳士に　成り上がらせた　郷士だよ

　自分より先　息子　紳士に　するなんて

　頭イカレタ　郷士だよ

リア王

　悪魔千人　真っ赤に焼けた　鉄串を

　ヒュー　ヒュー　ヒューと　投げつける

エドガー

　邪な　悪魔がおらの　背中噛む

道化

　おとなしい　狼や　病気にならぬ　馬などや

　恋心　続くとか　娼婦が誓い　守るとか

　そんなことなど　信じる奴は　イカレてる

59　「狂人」と「強靭」のしゃれ。原典は "mad"/"made" のしゃれ
60　"yeoman"［ヨーマン］：自作農。貴族などに仕える中間の
　　地位の召使いや、ロビンフッドの仲間連中のような浪人騎士

リア王

　さあ始めよう　娘らを　召喚いたす

　[エドガーに]　さあ　ここに着席を

　博識の　裁判官だ

　[道化に]　賢者はこちら　お座りなさい

　さあ　おまえたち　女狐どもめ

エドガー

　悪魔が立って　睨んでる

　法廷にても　目立ちたい？

　[歌う]　小川を渡り　こっちにおいで

　可愛い　ベスィー

道化

　[歌う]　ベスィーの舟に　穴がある

　言っちゃあ　なんねえ　来れない理由

エドガー

　邪な　悪魔がおらを　つけ回し

　ナイチンゲール[61]に　似た声を出し

　その悪魔　空っぽの　おらのお腹で　泣き叫ぶ

　ニシンが二匹　欲しいって

　カエルの声も　効果なし

　だっておらには　食べ物なんて　何もない

ケント

61　通称「ウグイス」で「裏切り者」の裏の意味

　　陛下　どう　なされたか？

　　そのように　茫然と　立ち尽くされて

　　横になり　お休みなさい

リア王

　　まず裁判が　先のこと　証人を　呼び入れよ

　　［エドガーに］　法服の　裁判官は

　　どうぞこちらへ

　　［道化に］　陪審の方　そのそばの　ベンチ席へと

　　［ケントに］　あなたは委任　受けた方　さあ席に

エドガー

　　公正な　裁きをいたす

　　　「寝てるのか？　起きてるか？

　　　　　ほろ酔い気分　羊飼い」

　　　「おまえの羊　麦畑　荒らしてる

　　　　　口笛を　一吹きすれば

　　　　　迷える羊　おとなしくなる」

　　猫がニャオ！　その猫は　「我が灰は猫」

62　エドガーが身にまとっていた毛布

63　夏目漱石は『リア王』を意識していたはずだ。『三四郎』で、美禰子は恋愛の対象を絞り切れず、自らを「迷える子（ストレイシープ）」と言い、三四郎は口の中でその言葉を繰り返し、物語のキーワードになっている

64　しゃれがキツすぎて、おシャレな筆者本人しか分からない。だから補足する。正式な訳は「猫がニャオ！　猫は灰色」である。これも意味がよく分からない。せっかく漱石氏に登場してもらったからには、『吾輩は猫である』をもじりたかった

リア王

　あの女　ゴネリルを　一番先に　召喚いたせ

　ご臨席[りんせき]　いただいた　皆[みな]の前にて　宣誓[せんせい]いたす

　この女　自らの　父親の

　哀れな王を　足蹴[あしげ]にしたぞ

道化

　ここに来い　その女　名はゴネリルと　申すのか

リア王

　否定など　できぬはず

道化

　とんでもねえな　おいらはな

　あんたと　腰掛便所　完全に　取り違えてた

リア王

　ほらここに　もう一人

　歪[ゆが]んだ顔で　心の底が　見え見えだ

　捕まえろ！　武器だ　武器！

　剣を取れ！　火あぶりだ！

　この法廷も　腐敗したのか！

　偽りの　裁判官め！　なぜあの女　逃がしたか？

エドガー

　あんたの「五力」に　祝福を！

ケント

　嘆かわしいぞ！　忍耐力は　今どこに？

　　最後まで　失わないと　ご自慢の ……

エドガー

　　［傍白］　王の気持ちを　推し量るなら

　　涙が溢れ　止まらない

　　これじゃ仮面が　剥がれ落ちるぞ

リア王

　　この子犬らが　皆揃い

　　トレイ　ブランチ　スウィートハート[65]

　　見ての通りに　わしに向かって　吠え立てる

エドガー

　　このトムが　やっつけてやる

　　どっかへ行きな　野良犬どもめ

　　　　鼻が白でも　黒くても

　　　　噛まれたら　牙に毒など　あるものや

　　　　番犬　猟犬　雑種犬

　　　　グレイハウンド　スパニエル

　　　　ブラックハウンド　セントハウンド

　　　　そうじゃなければ　尾が切れた犬　巻いた犬

　　　　トムが叱れば　泣き喚き

　　　　垣根を越えて　逃げて行く

　　ほら　ほら　さっさ！　さあ行くぞ！

　　前夜祭　縁日や　市場町

_____

65　犬の種類

哀れなトムの　角笛^{つのぶえ66}　は　もう鳴らないよ

リア王

ではリーガンを　解剖いたせ

あの心臓に　いかなるものが

巣くっているか　調べるがいい

あのような　硬い心臓　つくるには

自然界　その中に　原因が　あるかもしれぬ

［エドガーに］　おまえを特に　百人の

わしの供に　加えてやるぞ

ただ一つ　おまえの身なり

それだけは　許せぬぞ

ペルシャ風　ファッション⁶⁷と　言うのだろうが

それだけは　着替えてもらう

ケント

さあ陛下　ここに寝て

しばし休息　お取りください

リア王

音を立てるな　騒がぬように

カーテンを引け　そう　それでよい

朝になったら　夕食とする

道化

66　乞食は人家の前で角笛を吹いて物乞いをした。飲み物を
　その角笛に注いでもらったりもした

67　エドガーが身に着けている毛布

それなら　おいら　昼になったら
寝ることにする

（グロスター登場）

グロスター

王はどちらに　いらっしゃる？

ケント

こちらです　でもお起こしに　ならぬよう
すっかり正気　失っている

グロスター

あなたに頼み　あるのです
王をすぐ　抱き起こし　連れ出してくれ
王の暗殺　狙う陰謀　その噂　耳にした
担^{にな}い籠^{かご}68　用意してある
それに乗せ　ドーヴァーに　お連れして
そこで王は　歓待を受け　保護される
さあ早く！
半時間　遅れたら　王の命や　あなたの命
王をお守り　しようとしてる　皆^{みんな}の命
きっと失う　ことになる
さあ早く　お連れして

68　高貴な人物、権力者が乗った屋根やカーテン付きの輿［こ
し］

わしのあと　ついて来るのだ

　　旅の準備は　できている

　　一刻の　猶予もならん！

ケント

　　憔悴し果て　眠ってられる

　　安らぎにより　傷ついた

　　神経が　癒されること　祈るだけ

　　それが無理なら　回復は　困難だ

　　［道化に］さあ　手を貸して　くれないか

　　ご主人を　抱き上げるのだ

　　おまえもついて　来るのだぞ

グロスター

　　さあ早く　こちらへと

　（ケント　グロスター　道化　リア王を抱えて退場）

エドガー

　　僕らより　身分の高い　方々が

　　同じ苦しみ　味わわれてる

　　それを見て　我らの不幸　敵などと　思えない

　　自由を忘れ　幸福な　出来事を　置き去りにして

　　苦しさを　一人で耐える

　　その者が　最大の　苦行者だ

　　だが　悲しみのとき　友があり

悩めるときに　連れあらば　心の痛み　軽くなる
僕の上に　伸し掛かる　重圧が
王の上にも　伸し掛かってる
王は子により　僕は父より！
トム　逃げるんだ！
非常なる　出来事を　見定めて
偽りの　中傷により　恥辱を受けた
正しさを　証明し
汚名を晴らし　父上のもと　戻るのだ
今夜これから　いかなることが　起ころうと
王がご無事で　落ち延びられる　こと祈る
隠れるぞ　隠れよう！

（エドガー退場）

第7場

グロスター伯爵の居城の一室

（コンウォール　ゴネリル　リーガン
　エドマンド　従者たち登場）

コンウォール

［ゴネリルに］　ご主人のもと　急いで戻り

この手紙　お見せください
フランス軍の　上陸だ
裏切者の　グロスター　今すぐに　捜し出せ！

（従者数人が退場）

リーガン
　縛り首だわ　今すぐに
ゴネリル
　目を抉^{えぐ}り出す
コンウォール
　処刑のことは　お任せを
　エドマンド　姉上の　お供をし
　オルバニー公に　迅速に
　戦闘準備　入るよう　進言いたせ
　こちらも同じ　態勢につく
　お互いに　すみやかに　連絡を　取り合って
　情報を　共有しよう
　裏切り者の　おまえの父への　報復準備
　見ないほうが　良さそうだ
　では　さようなら　お姉さま
　さらばじゃ　若き　グロスター伯

（オズワルド登場）

168

さあどうなんだ！　王はどこだ？

オズワルド

　グロスターさま　ここから王を　連れ出され
　王のお供の　騎士が総勢　三十五・六
　王を捜して　あとを追い　城門で会い
　ご自分の　家臣の者と　合流し
　ドーヴァー目指し　ご出立
　そこには　フル装備した　友軍がいる
　そう豪語　されていた

コンウォール

　ゴネリルさまに　馬の用意を

　（オズワルド退場）

ゴネリル

　さようなら　公爵さまと　リーガンよ

コンウォール

　エドマンド　ではまたな

　（ゴネリル　エドマンド退場）

　［従者に］　謀叛人　グロスター　捜し出すのだ！
　泥棒のよう　縛り上げ

わしの前へと　引っ立てろ

（他の従者退場）

法の形式　取らずして　死刑にできぬ
だがこの思い　処罰せぬなら　収まらん
非難されるは　覚悟の上だ
そこにいるのは　誰なんだ？　謀叛人？

（従者　グロスターを引き連れて登場）

リーガン
　恩知らずの　狐だわ
コンウォール
　萎びた腕を　縛ってしまえ
グロスター
　どういう意図で？
　お分かりでしょう　お二人は　私のお客
　わけの分からぬ　振る舞いは　おやめください
コンウォール
　こいつを縛れ！　命令だ！
　［従者　グロスターを縛る］
リーガン
　きつく縛って　がんじがらめに！

忌まわしい　裏切り者よ

グロスター

何と無情（むじょう）な　人なのだ

私はそんな　人間じゃない

コンウォール

この椅子に　こいつを括（くく）り　つけるのだ！

悪党め　思い知らせて　やるからな

［リーガンが髭をむしり取る］

グロスター

慈悲深き　神々よ　髭を引き抜く　非道な所業

リーガン

白（しら）を切ってる　大嘘つきよ！

グロスター

残忍な　女だな

わしの顎から　引き抜いた

一つ一つの　毛に血が通い

汝を責める　ことになる

あなたらは　私の客だ

主人とし　温かく　迎え入れてる

それなのに　暴力を　振るわれて

どうなさる　おつもりか？

コンウォール

_____

69　グロスターの「白い髭」との二重の意味

171

潔く　白状いたせ

フランスからと　受け取った　手紙には

何が書かれて　おったのか?!

リーガン

正直に　答えなさい　内実は　知れているから

コンウォール

王国に　近頃足を　踏み入れた

謀叛人らと　どんな陰謀　企んで　おったのか?

リーガン

狂った王を　誰の手に　委ねたか

正直に　言いなさい

グロスター

憶測により　書かれたもので

中立の　立場の者が　書いた手紙で

敵からのでは　ありません

コンウォール

巧妙な　言い逃れだな

リーガン

真っ赤な嘘よ

コンウォール

王をどこへと　送ったか?

グロスター

ドーヴァーへ

リーガン

172

なぜドーヴァーへ？　命令に　背いたならば
命はないと　知っていて……

コンウォール

何のため　ドーヴァーなのか　言ってみろ

グロスター

杭に括られ　犬責めに遭う
熊同然だ　責めに耐えねば

リーガン

何のためなの　ドーヴァーは？

グロスター

理由はな　見るに耐えない　ことだから
残忍な　おまえの爪が　王さまの目を　抉り出し
姉に生えたる　イノシシの牙
清い王さま　突き刺すなどは　言語道断
地獄のような　闇の夜の
嵐の中を　ずぶ濡れになり
王さまは　彷徨って　歩いておられた
大海さえも　波を吹き上げ
星の灯りを　消すかのように
それなのに　哀れな王さま
降る雨を　助けんばかり

70　エリザベス朝に人気があった見世物「熊いじめ［bear-baiting］」杭に括った熊に犬をけしかけて闘わせた。19 世紀前半まで続いた

目から涙を　流してられた
あの恐ろしい　夜に戸口で
狼が　助け求めて　吠えたなら
「門番よ　戸を開けて　あげなさい」
いかに非情な　人でさえ　そう言うだろう
それさえしない　娘たちには
翼をつけた　復讐の　神々が
どうなされるか　見せていただく

コンウォール

見せるわけには　参らぬからな
おまえたち　椅子をしっかり　押さえてろ
貴様の目　抉り出し　踏んづけてやる

グロスター

長生きしたい　そう思う者　いるのなら
助けておくれ！　ああひどい！　おお神よ！

リーガン

残った目　なくなった方　嘲っている

コンウォール

復讐の　神々なんて　見たくても　このざまだ

従者その1

おやめください　公爵さま！
幼いときに　お仕え始め　今ほどの　お仕えは
したことなどは　ありません
おやめください　心を込めての　お仕えです

174

リーガン

　何を言うのよ！　　この犬が！

従者その１

　その顎に　髭があるなら

　切り取って　やるのだが！

リーガン

　どういうことよ！

コンウォール

　この下郎！

　[二人は剣を抜き　決闘の身構えになる]

従者その１

　ではしかたない　さあやるぞ

　怒りの剣を　受けてみよ！

リーガン

　[別の従者に]　その剣を　渡すのよ

　百姓の　分際で　生意気なこと！

　[剣を手に　背後から刺す]

従者その１

　ああ　やられたが　まだ片目　見えたはず

　奴に深手を　負わせましたぞ

　おお！

　[死ぬ]

コンウォール

　もう二度と　見られぬように　してやるぞ！

腐ったゼリー！　おまえにはもう　光はないぞ！

グロスター

すべて暗闇　安らかなもの　何もない

我が息子　エドマンド　どこにいる？

エドマンド　子としての　情の炎に　火をつけて

悍ましい　悪行に　鉄槌を　下しておくれ！

リーガン

目も見えぬ　裏切り者の　悪党め！

あんたが助け　求める人は

あんたのことを　嫌ってる

裏切りを　教えた人は　エドマンド

善良すぎて　同情などは　寄せないわ

グロスター

ああ何と　愚かなことを！

エドガーは　濡れ衣を　着せられたのだ

ああ神よ！　赦したまえ　このわしを！

エドガーに　幸いを！

リーガン

門からすぐに　放り出し

ドーヴァーに　匂い頼りに　行かせるがいい

（従者　グロスターを連れて退場）

どうなさったの？　真っ青な顔色よ

コンウォール

　手傷を負った　ついて来てくれ
　［従者に］　目なし爺<ruby>爺<rt>じじい</rt></ruby>は　放り出せ
　［従者その1を指差し］
　この男　糞の山でも　捨てておけ
　リーガン　俺は　血が止まらない
　戦控えた　このときに　この傷とはな
　手を貸してくれ

（コンウォール　リーガン退場）

従者その2

　こんな男が　成功すると　言うのなら
　どんな悪事を　私がしても
　悔いることなど　ないだろう

従者その3

　あの女　長生きし　大往生を　遂げるなら
　女は皆<ruby>皆<rt>みんな</rt></ruby>　モンスター

従者その2

　老伯爵に　付き従おう
　あの乞食　見つけ出し
　伯爵さまの　行きたい所　案内させる
　うろつき回る　狂人なので
　見咎められる　事ないだろう

従者その３

　そうしよう　麻布と　卵の白身　持って来る
　血だらけの　あのお顔にと ……
　伯爵さまに　神のご加護を　待つだけだ

（従者たち退場）

第4幕

第1場

荒野

（エドガー登場）

エドガー

　最悪なのは　裏で軽蔑　されているのに
　表面だけは　諂（へつら）われてる　状態だ
　軽蔑される　だけならば　まだ耐えられる
　幸運に　見放され　最低値まで　落ちたなら
　そこにあるのは　希望だけ
　恐れることは　何もない
　最上を　極めれば　変化があれば　落下の悲嘆
　最悪ならば　必ず先は　より良いものへ
　実態のない　風が僕には　受け入れやすい
　最悪を　味わった僕
　どんな強風　吹きすさんでも　倒れはしない
　あれっ？　ここに　やって来るのは　誰なのだ？

（老人に手を引かれて　グロスター登場）

父上だ！　目が見えなくて　手を引かれてる？
ああ　どうなった⁉
今の世の　有為転変は　予期できぬ
これこそが　世の果てだ！
僕たちに　世を嫌わせて
人生を　全うする気　なくさせる
老人
旦那さま　ご先代から　引き続き
お仕えし　これでもう　八十年です
グロスター
もうここでいい　行ってくれ
長くここまで　仕えてくれた
頼むから　行ってくれ
充分に　尽くしてもらい　感謝する
一緒にいては　おまえに危害　及ぶかも
老人
目が見えぬでは　道がお分かり　ならぬはず
グロスター
このわしに　もう道はない
それゆえに　目は要らぬ
目が見えたとき　つまずいた
こうした例は　よくあることだ

財力あれば　知力をなくし

窮乏すれば　価値ある物が　何かが分かる

ああ　我が息子　大切な　エドガーよ！

騙された　父の怒りの　生贄[いけにえ]に

もしわしが　生き長らえて

おまえに触れる　ことあらば

わしは確かに　言うだろう　「見る目を得た」と

老人

おや　これは！　一体誰だ⁉

エドガー

［傍白］　ああ神よ！

最低にまで　落ちたなど　どうして言えた⁉

こんな不幸が　待ち構え　潜んでた ……

老人

狂った乞食　トムがいる

エドガー

［傍白］　いや　この先で

まだまだ落ちる　かもしれん

最悪だなど　言ってるうちは　最悪でない！

老人

おまえさん　どこへ行くのか？

グロスター

乞食男か？

老人

気が狂ってて　乞食です

グロスター

　　いくらか理性　残ってるはず

　　そうでないなら　物乞いなどは　できぬから

　　昨夜の嵐　その中で　そんな男と　出会ったが

　　そのときに　思ったことは

　　「人間は　虫けらなのだ」

　　そうしたら　息子のことが　心過った

　　まだそのときは　息子冷遇　しておった

　　それから事情　聞き知った

　　神々は　人間にとり

　　腕白小僧が　トンボ取るのと　同じよう

　　戯れに　人の命を　取って行かれる

エドガー

　　［傍白］　なぜこんなこと　起こったか？

　　悲しみに　打ちひしがれて

　　道化演じる　ことになり

　　自分も　相手も　傷つける

　　［はっきりと声に出し］

　　神さまの　お恵みが　旦那にも

グロスター

　　ここにいるのは　裸の男？

老人

　　その通りです

182

グロスター

　　それなら　どうか　去ってくれ

　　昔のよしみ　わしのためにと

　　ドーヴァーのほう　一・二マイルも

　　追いかけて　来てくれるなら

　　裸姿の　この男にと

　　着る物を　持って来て　くれまいか

　　この男には　道案内を　頼むから

老人

　　でも　旦那さま　気が触れて　おりますが……

グロスター

　　狂った者が　盲人の手を　引いて歩くは

　　病める世の　象徴だ

　　頼んだ通り　してくれるのか？

　　だめならば　諦める　もう充分だ　ありがとう

老人

　　家にある　一番いい服　ご持参します

　　そのことで　お咎めあっても　構わない

　　（老人退場）

グロスター

　　そこにいる　裸の人よ

エドガー

哀れなトムは　寒いよ〜

［傍白］　もうこれ以上　ごまかしきれん

グロスター

ここへ来なさい

エドガー

［傍白］　でもやらないと……

かわいそうな目　血が流れてる

グロスター

ドーヴァーへ　行く道は　分かるのか？

エドガー

牧場の木戸や　町の門　馬の道　歩く道

哀れなトムは　悪魔に憑かれ　気が狂ったよ

邪な　悪魔から　救われるよう　お祈りを！

五人の悪魔　一度にトムに

取り憑いたこと　あるんだよ

欲望悪魔　盗みの悪魔　殺人悪魔

おだまり悪魔　おしゃべり悪魔

小間使い　侍女などを

持ってたときも　あったけど

そういうわけで　よろしくね

グロスター

ほらここに　財布をあげる

天が下した　禍に

けなげに　おまえ　耐え忍んでる

わしがこんなに　惨めになって

おまえのほうが　幸せに　思えるぞ

天の配剤　そうあるべきだ

贅沢に　身をやつし　欲望に　飢えた者らは

貧しき者を　意のままに　へつらわせ

不用とならば　さっさと捨てる

痛みなど　感じずに　苦しさも　見ようともせず

そういう者に　すみやかに

天の威力を　知らしめよ

そうなれば　配剤が　均等になり

それぞれが　過不足なくて　生きられる

おまえは　ドーヴァー　知ってるか？

エドガー

知ってるよ

グロスター

狭くて　深い　海峡に　高々と　頭突き出し

恐ろしげなる　断崖がある

その端に　わしを連れては　くれまいか

そうすれば　身に着けている

高価な物を　授けよう

おまえは　それで　貧しさからは　逃れられるぞ

その場所からは　もう案内は　要らぬから

エドガー

腕を貸しなよ　哀れなトムが　連れてくからね

（グロスター　エドガー退場）

第2場

オルバニー公爵の館の前

（ゴネリル　エドマンド登場）

ゴネリル

　我が館まで　よくお出で　くださいました
　優しい夫　出迎えさえも　しないのは　変なこと

（オズワルド登場）

　ねえ　ご主人は　どこなのよ
オズワルド
　奥に控えて　おられます
　でもまるで　別人のよう
　フランス軍の　上陸のこと　お伝えしても
　笑みを　お浮かべ　なさるだけ
　奥さまが　お戻りになる　そう申したら
　「余計にまずい」　その一言で
　グロスターの　裏切りや

エドマンドさま　ご忠勤　告げますと
私のことを　間抜け呼ばわり
言われたことは　「正と邪を　取り違えてる」
何より嫌い　だったもの　好きになり
好きだったもの　毛嫌いされる　始末です

ゴネリル

[エドマンドに]　それでは　あなた　会わないで
あの人は　牝牛のように　臆病で
思い切っては　何もできない
屈辱を　受けたとしても　報復などは　できないの
ここに来る　道すがら
語り合ってた　二人の夢は
実を結ぶかも　しれないわ
エドマンド　すぐに戻って
コンウォール公　その館へと
兵を招集　したあとに　その指揮を　執るのです
こちらでは　私が武器を　持ちますわ
夫には　糸巻棒を　持たせます
[オズワルドを指差し]　これからは　この腹心の
従僕が　お互いの　連絡係
あなたが　もしも　自分のために
愛する女　彼女の指示に　従って
勇気ある　行動すると　誓うなら
さあこれを

［エドマンドの首に　ネックレスを掛けようとする］
頭を下げて！
［キスをする］
この口づけに　込めた思いを
言葉にすれば　あなたの心
空にまで　舞い上がるはず
分かるわね　では　さようなら

エドマンド

あなたのために　この命　捧げます

ゴネリル

最愛の　エドマンド！

（エドマンド退場）

ああ　同じ男で　ありながら
どうして　こうも　違うのかしら
あなたこそ　女が惚れて　尽くす人
間抜け亭主に　抱かれるなんて　こりごりよ

オズワルド

奥方さま　あちらから　公爵さまが

（オズワルド退場　オルバニー登場）

ゴネリル

　　もうお出迎え　いただくほどの　価値もない？

オルバニー

　　おお　ゴネリルよ

　　おまえはな　その顔に　吹きつける

　　無礼な風が　まき散らす　埃に劣る　人間だ
　　　　　　　　　　　　　（ほこり）

　　おまえの気質　そら恐ろしい

　　己の命　その源の　父親を

　　ないがしろにし　人の道　踏み外してる

　　木を見るがいい　養分くれる　大木離れ

　　枝だけが　育つことなど　あり得ない

　　時を経ずして　枯れ果てて　薪となる

ゴネリル

　　そんな話は　聞きたくないわ　くどい説教

オルバニー

　　道徳心や　賢明さ

　　これさえも　邪悪な者に　邪と見える
　　　　　　　　　　　　　（じゃ）

　　汚れた者には　どんなものでも　汚れ味

　　何ということ　しでかしたのだ！

　　おまえらは　娘ではない　虎そのものだ

　　父親で　心優しい　老人を！

　　首輪に鎖　繋がれた　熊でさえ

　　うやうやしくも　手を舐めたはず

　　おまえらの　仕業はな　野蛮であって　変質者的

　　人を狂気に　させるもの

コンウォール公　よくそんなこと
おまえらに　させたものだな
人であり　公爵として
あれほどの　恩義を受けて　いたはずなのに
もし天が　今すぐに　目に見える　精霊を
地上に送り　ひどい罪人　罰しなければ
人が人など　食らって生きる
暗黒の　世界がすぐに　やって来る
深海の　怪物が　生きる世界が……

ゴネリル

軟弱で　臆病な人
あなたの頬は　打たれるために
その頭　軽蔑される　ためにある？
栄光と　惨敗の　違いも知らず
悪人は　悪人なのに
罪を為す前　罰したら　かわいそうだと
気の毒がるの　馬鹿な証拠よ
軍の太鼓は　どこなのよ
フランス軍は　平和な土地に　侵略し
すでに軍旗を　はためかせ
兜には　羽根飾りつけ
この国土　奪い取ろうと　しています
それなのに　あなたはなんと　平和ボケ

「ああ　あのプチ王[71]　どうしてこんな
非道なことを！」
そう言って　じっと座って　嘆くだけ！

オルバニー

自分の姿　よく見るがいい　この悪魔
悪魔の真の　醜さは
女の中に　宿るとき　最悪だ

ゴネリル

頭が空の　大馬鹿よ！

オルバニー

本性隠し　おまえは化けた
恥を知れ　女の顔は　やめにして　悪魔に戻れ
もしこの両手　怒りのままに　振る舞えば
おまえの骨や　肉などを
バラバラに　引き裂いてやる
だがおまえ　悪魔でも
女の姿　しているうちは　手は出さぬ

ゴネリル

まあ　男だわ！　勇ましいこと

（使者登場）

71　シェイクスピアには迷惑をかけないように最大の配慮を
　し、プーチンへの怒りを込めて書いた

オルバニー

　何の知らせだ

使者

　大事件です　コンウォール公
　お隠れに　なりました
　グロスター伯爵の　残る片目を
　潰そうと　なさったときに
　従者の剣に　倒れられ ……

オルバニー

　伯爵の目を！

使者

　長く仕えた　従者です
　見るに見かねて　お諫めし
　ご主君に　剣を抜き　立ち合いました
　公爵は　怒りに狂い　その者を　討ち取られたが
　その際に　深手を負って
　そのあとすぐに　ご逝去に

オルバニー

　ああ　そのことは　天に正義の　守護神がいて
　下界の罪は　たちまちにして
　裁かれる　証拠だな
　だが何という　酷いこと
　グロスター伯　残る片目も　失くしたか

使者

　　はい両方で　両目です
　　この手紙　奥方さまへ
　　大至急　お返事を　リーガンさまに
　　［手紙を差し出す］

ゴネリル

　　［傍白］ある意味　これは　朗報よ
　　でもリーガンは　一人身となり
　　そばに私の　グロスター　控えてる
　　夢に描いた　構想が　脆くも崩れ
　　忌まわしい日々　後に来る
　　良い知らせとは　限らない
　　［声に出して］　すぐに読み　返事をするわ

　　（ゴネリル退場）

オルバニー

　　グロスターの目　奪われたとき
　　息子はどこに　いたのだな

使者

　　奥方さまと　こちらへと

オルバニー

　　ここにはおらん

使者

　　帰られました　帰りの道で　出会ったもので

オルバニー

　残虐なこと　為されたの　知っておるのか

使者

　はい　ご存知で　伯爵を密告したの　実は彼

　公爵夫妻　思いのままに　処罰するため

　故意にその場を　遠ざけられて

オルバニー

　グロスター　国王に　忠誠を　尽くしてくれた

　私は誓う　命に懸けて　リベンジすると

　奥に来てくれ　知っていること

　すべて聞かせて　くれないか

　（オルバニー　使者退場）

第３場

ドーヴァー近くのフランス軍の陣営

　（ケント　紳士登場）

ケント

　フランス王が　なぜ急に　ご帰国された

　その理由　ご存知ですか？

紳士

故国に何か　問題残し　ご出陣
その問題が　危険なものに　なりそうで
王ご自身の　ご帰還が
急務となった　そう聞いている

ケント

あとの指揮　一体誰が　執るのです？

紳士

元帥の　ラ・ファー将軍

ケント

嵐の中で　託した手紙
コーディリアさま　お読みになって
嘆き悲しみ　胸から溢れ　出たことでしょう

紳士

はい　手に取って　すぐに読み
大粒の　涙が頬を　伝い流れて　おりました
その姿　彼女の心　くじけさす　感情に
じっと我慢の　女王の　ようでした

ケント

ああ　それほどに　お心を　動かされたか……

紳士

取り乱されず　忍耐と　悲しみの
どちらのほうが　王妃には　相応しいのか
競い合うかの　ようでした
陽が射していて　雨が降るのは

ご覧になったこと　あるでしょう
　微笑みと　流れる涙
　それに似て　さらにきれいで
　口元に　溢れくる　しとやかな　微笑みは
　目に宿りくる　客たちが
　去り際に　ダイヤから　滴り落ちる
　真珠があると　知らぬと同じ
　すべてに調和　見られたならば
　悲しみも　慈しみにと　なるのです

ケント

　言葉を口に　なさいましたか?

紳士

　一度か二度は　息苦しそう　切なげに
　「お父さま」と　つぶやかれ
　「お姉さま　お姉さま　女とし　姉として
　恥ずかしく　ないのです?!
　ケント!　お父さま　お姉さまたち!
　何てこと!　嵐の中を　真夜中に!
　信じられない!　信じたくない!」
　そう叫ばれました
　そしてすぐ　澄んだ目からは　はらはらと
　涙流され　声を詰まらせ
　悲しみに　一人で耐える　おつもりなのか
　席を外して　行かれました

ケント

　我々の　性格を　支配するのは

　天上にある　星たちだ

　さもないと　同じ親から　これほど違う

　子供生まれる　はずがない

　そのとき以来　王妃さまには

　お会いして　ないんだな

紳士

　はい　その通り

ケント

　フランス王が　ご帰国される　前のこと？

紳士

　あとのことです

ケント

　ここだけの　話だが

　苦しみに　苛まれたる　リア王は

　この町に　いらっしゃる

　ご気分の　良いときに

　どうやって　この場所に　辿り着いたか

　思い出される　こともある

　だが頑(かたく)なに　末娘には　会おうとされん

紳士

　それはどうして？

ケント

あまりにも　羞恥心　強すぎて
それに縛られ　身動き取れず
冷たい所業　なされたことで
コーディリアさま　受けられるべき
父が与える　祝福を　捨てやって
異国の地へと　追いやって
彼女持つべき　権利をすべて
冷血な　姉どもに　与えてしまい
そうしたことが　王の心を　苛み続け
燃える恥辱で　お会いになるの　避けられてます

紳士

痛ましいこと

ケント

オルバニー　コンウォール　両軍のこと
お聞きでは　ありません？

紳士

出陣したと　聞いてます

ケント

今からすぐに　リア王のもと　ご案内する
しばらく世話を　お願いしたい
理由があって　まだ身分　言えません
いずれは　名乗る　ことになる
迷惑を　かけることなど　絶対にない
ご同行　よろしく願う

（ケント　紳士退場）

第 4 場

ドーヴァー近くのフランス軍の陣営

（軍鼓　軍旗とともに　コーディリア　医者
兵士たち登場）

コーディリア

　ああ　きっと！　お父さまだわ
　たった今　見かけたという　人がいる
　荒海のよう　猛^{たけ}り狂って
　畑を荒らす　雑草を　冠^{かんむり}にして
　大声で　歌ってられる
　百人の　兵を出し
　生い茂る　麦畑　くまなく捜し
　私の所　お連れして

（兵士たち退場）

　人間の　知識を使い
　神経の　障害は　治せないもの？

父を治して　くれた者には
惜しみなく　お礼はするわ

医者

一つ手立てが　ございます
自然の治療　眠りです
欠けているのは　それですね
眠りを誘う　ハーブが多く　ございます
その効能で　苦しみの　瞼<ruby>瞼<rt>まぶた</rt></ruby>もきっと　閉じるはず

コーディリア

恵みある　すべての秘薬
大地に潜む　知られざる　その効能
私の涙で　芽を吹いて　力を出して
善き人の　苦しみ減らし　癒しておくれ
王を今すぐ　捜し出すのよ
自制の心　失くしてられる
万一のこと　起こらぬうちに ……

（使者登場）

使者

お知らせに　参りました　王妃さま
英国の　軍勢が　進軍を　始めましたぞ

コーディリア

予測通りで　迎え撃つ　準備万端<ruby>万端<rt>ばんたん</rt></ruby>　整っている

大切な　お父さま
私が軍を　率いてきたの　お父さまゆえ
涙流して　せがむ私を　憐れんで
フランス王は　お力添えを　くださった
思い上がった　野心から
戦起こした　わけじゃない
子の情けとし　親思う　気持ちとし
お年召された　お父さま　その復権が　私の願い
今すぐにでも　お会いして　お声聞きたい

（コーディリア　医者　使者退場）

第 5 場

グロスター伯爵の居城の一室

（リーガン　オズワルド登場）

リーガン

　兄の軍勢　出陣したの？

オズワルド

　はい　もうすでに

リーガン

　兄　自らも？

オズワルド

　奥方に　無理強いされて

　お姉さま　男勝りの　軍人ですね

リーガン

　エドマンド　公爵と　会わなかったの？

オズワルド

　はい　お会いには　ならずじまいで

リーガン

　エドマンド宛　姉の手紙は　何だったのよ

オズワルド

　存知上げては　おりません

リーガン

　重大な　任務があって　エドマンド　ここを出た

　グロスターの目　取り去って

　生かしておいて　大失策よ

　あの人が　どこに行っても　反感買うの　私たち

　ひょっとして　エドマンド

　父親を　哀れにと　思ってか

　暗闇の　生涯に　方をつけると

　決めてのことか　出て行かれたわ

　さらにまた　敵の兵力　探るため？

オズワルド

　エドマンドさまの　あとを追い

　私は手紙　届けねば　なりません

リーガン

　私たち　明日には　出陣よ

　それまでここに　いればよい

　道中は　危険です

オズワルド

　そういうわけに　いかないのです

　奥さまに　急ぐようにと　厳しく言われ

リーガン

　どうして姉が　エドマンド宛　手紙を出すの？

　用があるなら　おまえ口伝て　すればいい

　恐らくそれは …… あのことかしら

　目をかけてやる　だから手紙を　読ませなさいな

オズワルド

　それだけは ……

リーガン

　姉上は　ご主人を

　愛してないの　分かってる　確かなことよ

　この前ここに　来たときに　エドマンドには

　色っぽく　物言いたげな　目つきをしてた

　おまえが姉の　腹心なのは　分かってる

オズワルド

　いえ　私など

リーガン

　分かってて　話してる

おまえ　それだと　知っている

だから忠告　しておくわ

私の主人　もういない

エドマンドとは　話し合ってる

ゴネリルよりは　私のほうが

お似合いの　カップルなのよ

これ以上　言わなくたって　分かるわね

エドマンド　出会ったら

これを渡して[72]　おくのだよ

どうせこのこと　姉上に

あなたから　言うに決まって　いるけれど

そのときは　付け足して　言うんだよ

「妻である身の　分別を　忘れずに」って

では行きなさい　盲目の　裏切り者の

消息を　知るかもね

誰であれ　あの老人の

首を刎ねれば　出世ができる

オズワルド

奴に出会えば　儲けもの

そうなれば　私が誰の

味方なのかは　証明できる

リーガン

72　ペンダントか、何らかのプレゼント

では気をつけて　行くのだよ

（リーガン　オズワルド退場）

第6場

ドーヴァー近くの田舎

（グロスター　百姓姿のエドガー登場）

グロスター

　丘の上まで　あとどれくらい？

エドガー

　もうあと少し　なかなか急な　上り坂

グロスター

　道は平らに　思えるが……

エドガー

　急勾配です　聞こえるでしょう　潮騒の音

グロスター

　いや何も

エドガー

　目の痛みにて　他の感覚が　麻痺したのです

グロスター

　そうかもしれん　おまえの声も　そのせいで

変わったように　聞こえるな

　言葉遣いも　その内容も

エドガー

　感覚が　ずれてます　何も変わって　おりません

　変わったものは　衣服だけ

グロスター

　いや話し方　確かに変わり　良くなった

エドガー

　さあ着きました　ここがその場所

　じっとして！　断崖の下　見下ろすと

　そら恐ろしい　目がくらむ

　崖の中間　辺り飛ぶ　カラスの大きさ　カブト虫

　そこの岩場で　食用の草

　取ってる人が　動いてる　恐ろしい　大仕事

　見たところ　体全部が　頭ぐらいの　サイズです

　浜辺を歩く　漁師はネズミ

　錨下ろした　大きな船も　艀_{はしけ73}ほど小さくて

　その艀　浮標_{ブイ}程度

　見えないほどの　小さなサイズ

　無数の小石に　ざわめく波も

　こう高くては　その音が　響かない

　もう見てられぬ　眩暈_{めまい}が起こり

73　停泊中の本船と陸地の間、乗客や貨物を運ぶ小型輸送船

　　真っ逆さまに　落ちそうだ

グロスター

　　そこに　このわし　立たせておくれ

エドガー

　　それでは　お手を　絶壁の縁　あと 1 フィート[74]

　　地上のものを　何でもやると　言われても

　　垂直跳びも　やらないよ　恐いから

グロスター

　　手はもうここで　離してよいぞ

　　別の財布を　あげるから

　　中の宝石　貧しい者に　ひと財産

　　妖精[75]と　神々の

　　ご加護がきっと　ありますように

　　もうわしだけに　してほしい

　　別れの言葉　述べたあと

　　足音立てて　去ってくれ

エドガー

　　では　お達者で

グロスター

　　お幸せにな

74　約 30 cm

75　伝説では、隠された財宝は妖精に守られていて、発見者
　　が現れると、その者のために妖精は奇蹟を起こし、財宝の価
　　値を増やす

エドガー

[傍白]　こうして　父を　欺くわけは

絶望の淵　そこから父を　救い出すため

グロスター

[跪いて]　ああ　万能の　神々よ

今　この私　この世から去り

神々の　目の前で　この大いなる　苦しみを

静々と　捨て去るのです

苦しみに　耐える力が　残ってて

神々の　ご意思のもとに　生きるとしても

燃え滓の　この命　すぐに燃え尽き　消え果てる

もしエドガーが　生きているなら

何とぞ彼に　お恵みを！

おまえにも　神のご加護が！

エドガー

では　行きますよ　さようなら！

[グロスター　前方に跳び　倒れる]

命自身が　消え去りたいと　願うなら

願いが叶い　本当に　死ぬこともある

これが断崖　だったなら

今頃は　すべてが消えて　いただろう

生きているのか　死んだのか

ねえ　そこの人　聞こえます？　話せます？

本当に　死んだりしたら ⋯⋯ ああ気がついた

　どこの誰です？

グロスター

　近よるな　死なせてくれ

エドガー

　蜘蛛の糸　羽根か空気か　何なのだ？

　あんなに高い　所から

　真っ逆さまに　落ちたなら

　普通なら　卵のように　潰れてしまう

　それなのに　あなたは息を　しています

　体そのまま　出血もせず

　話もできる　五体満足

　帆柱を　十本分も　繋いでも　届かぬ距離を

　あなた真っすぐ　落ちてきた

　生きてるなんて　奇跡です

　もう一度　話してみては　くれません？

グロスター

　わしは落ちたか？　本当か？

エドガー

　あの白い崖　恐ろしい　頂上からで

　ご覧ください　あの高さ

　甲高く鳴く　雲雀<ruby>雀<rt>ひばり</rt></ruby>さえ　声は届かず　姿は見えず

　見上げれば　一目瞭然 ……

グロスター

　見たくても　目が見えぬ

惨めなわしは　死によってさえ

その惨めさを　断ち切ることは　許されぬのか

惨めでも　暴君の　怒りを逸らし

高慢な意志　打ち砕く　ことできたとき

慰めは　少しはあった　ものだった

エドガー

さあ　腕を　お貸しください

そう　立って　大丈夫です？

足に感覚ありますか？　お立ちになった！

グロスター

大丈夫　何ともないぞ

エドガー

不思議なことが　あるものだ　断崖の　頂きで

あなたのそばに　誰かいた　様子です

グロスター

その者は　哀れな乞食

エドガー

ここに立ち　見ていたら

その男　目は二つとも　満月のよう

千ほども　鼻があり

角は渦巻き　荒れ狂う　海のよう

あれ　きっと　悪魔でしょうね

あなたはとても　幸運な　方ですね

神様は　人間に　できないことを　なさいます

あなたが死なずに　おかれたことも
神様の　思し召し
グロスター

そう言われ　思い出したぞ
今からは　苦悩に耐えて
苦悩自ら　叫び声上げ
「参った」と　言わせてみせる
死にゆく日まで　わしは生きるぞ
今　話された　男だが
わしは人だと　思っておった
何度もそれは　言っていた　「悪魔だ　悪魔」
その悪魔　わしをあそこへ　連れてった
エドガー

病める心を　解き放ち
自由に生きて　くださいね
誰かがここに　やって来る

（野草の花冠を被り　リア王登場）

正気なら　あんなことなど　しないだろう
リア王

いや違う　わしが金(かね)　鋳造しても
誰もわしなど　逮捕はできぬ
わしは国王　なのだから

211

エドガー

　[傍白]　ああ　胸を引き裂く　光景だ

リア王

　そのことに　ついてだが

　王と生まれし　者ならば　その権利　生涯続く

　これを与える　入隊の　手つけ金

　何だ　あいつの　弓の引き方

　脳なしの　案山子（かかし）だな

　矢の長さ　いっぱいに　引き絞れ

　ほら　ほら　あそこ　ネズミだぞ

　シィー　静かに！　焦げたチーズが　ここにある

　それで難なく　捕まるからな

　さあ決闘だ　手袋投げる[76]

　巨人にだって　立ち向かう

　茶色の槍の　一隊を　前進させよ

　おお　よく飛んだ　狙い定めて

　ヒュー　ヒュー　ヒューと

　当たったぞ　合言葉　言え

エドガー

　スウィート・マジョラム[77]

リア王

76　決闘の意志を示すためにヨーロッパ中世の騎士は「こて」
　　（皮の手袋）を地面に投げつけた
77　シソ科のハーブ：　脳の病気の治療薬

通ってよいぞ

グロスター

その声に　聞き覚えある

リア王

はあ！　ゴネリルめ　白い髭など　生やしおって

みんなはわしに　犬のよう　へつらって

「黒い髭　生える前から

白い髭　生え始め　賢者のようだ」

そう言いおった

「イエス」と言えば　「イエス」で答え

「ノー」ならば　「ノー」と言う

イエスでも　神のこととは　無関係

ノーにしても　能天気　雨に濡れ　風に震えて

雷に　静まれと　命令しても

静まらぬとき　わしは気づいた

奴らのことを　見破った　奴らの言葉　誠意ない

「お父さま　すべてです」

そう言ったのは　大嘘だ

わしだって　悪寒が起こる

グロスター

声の調子を　よく覚えてる

王さまなので　ありません？

リア王

ああそうだ　どこを取っても　王さまだ

わしが睨めば　家臣震える

その者の　命は取らぬ

罪状は何？　不倫だと？

死刑ではない　不倫で死刑？

それはない　ミソサザイでも　していることだ

小さな蠅<ruby>蠅<rt>はえ</rt></ruby>も　目の前で　まぐわうぞ

セックス　万歳

グロスター伯　その私生児は

正式な　夫婦が産んだ　娘らよりも

父親に　親切だった

欲望に　任せて皆<ruby>皆<rt>みんな</rt></ruby>　乱交すれば

わしの兵士の　欠員埋まる

作り笑いの　あそこの婦人　見るがよい

澄まし顔して　足の付け根も

雪のよう　純潔で　貞節を　装って

浮いた話に　恥じらって　首を傾<ruby>傾<rt>かし</rt></ruby>げる

ところがだ　盛りのついた　猫　種馬も

あの女ほど　放逸な　性欲は　持ってはおらぬ

腰から上は　女でも　下半身は　ケンタウロスだ[78]

神がお造り　なったのは　上半身

78　ギリシャ神話の半人半獣の種族。ギリシャ人の軍が騎馬
民族のスキタイ人と戦ったとき、これを怪物だと見間違っ
たことによるという説と、その語の語源は「牛を集める者」
［牧人］にあるという説がある

腰から下は　悪魔の造り　そこは地獄で　暗黒だ
そこにある　硫黄の穴は　熱く燃え
悪臭放ち　肺病起こす
おやおや　これこれ　パー　ピー　プー
薬屋よ　麝香香水　1オンス　分けてくれ
金をやるから　頭の中を　スカッとしたい

グロスター

ああ　その手には　口づけを

リア王

その前に　拭かないと　死の臭いする

グロスター

大自然　廃墟と化した
この偉大なる　世界もついに　無に帰すか
私のことが　お分かりですか？

リア王

その目　よくよく　覚えておるぞ
流し目を　いたすのか？
やめろよな　最悪のこと
盲目の　キューピッドめ
恋したりなど　せぬからな
挑戦状を　読んでみろ
文字に気をつけ　見るのだぞ

グロスター

その文字の　一つひとつが　太陽であれ

私には　読めません

エドガー

誰かから　話に聞くと

信じられない　ことだった

だが　現実だ　僕の心は　折れそうだ

リア王

すぐに読め！

グロスター

目のない者に　見ろとおっしゃる？

リア王

なるほど　おまえ

そういうことが　言いたかったか

顔に目が　財布にも　金がなく

目は重傷で　財布はケイショウ[79]

それでも　この世　見えているはず

グロスター

感覚で　少しばかりは

リア王

何だって？　気でも触れたか

この世　見るのに　目は要らぬ　耳で見ろ！

グロスター

ほらあそこ　裁判官が　こそ泥に　毒づいている

79　「軽少」／「軽症」のギャグ

リア王

　耳で聞け！　ごちゃごちゃにして　さあどっち？

　右の手か　左の手[80]？

　どっちが判事？　どっちが泥棒？

　百姓の　犬が乞食に

　吠えかかるのを　見たことあるな

グロスター

　はい　ございます

リア王

　乞食は逃げて　行っただろう

　それが権威と　いうものだ

　権力持てば　犬でさえ　人間を　支配する

　おいそこの　ヤクザ警官

　その手を止めろ　なぜその娼婦　鞭打つか⁉

　服を脱ぎ　自分の背中　鞭当てろ

　その娼婦　抱きたいくせに

　抱けぬから　鞭打つとはな

　高利貸しなど　している判事

　ペテン師を　処刑台へと　送りつけ

　ボロ服を　着た者ならば

　小さな罪も　大きくなって

　法衣や毛皮　身に着けてれば　罪も隠せる

80　原典 "handy-dandy" こぶしを握り、左右のどちらの手の
　　中に「物」が入っているのかを相手に当てさせるゲーム

罪を金⁸¹にて　メッキする

正義の槍も　あえなく　折れる

ボロくず製の　鎧<ruby>鎧<rt>よろい</rt></ruby>では　小人の藁で　突き刺され

罪人<ruby>罪人<rt>つみびと</rt></ruby>は　いなくなる　誰一人　いなくなる

わしが請け合う

おまえはな　ガラスの目玉　入れるがよいぞ

狡猾な　政治家のよう　見えないものも

見えたふり　すればいい

さて　さて　さてと

ブーツ脱がせろ　そう　そうだ

もっと勢い　つけて引け

エドガー

［傍白］意味と無意味が　混じり合い

狂気の内に　理性ある

リア王

おまえがもしも　我が不幸には

涙するなら　わしの目をやる

おまえのことは　よく知っている

名はグロスター　わしらは我慢　強いられる

この世に生まれ　わしらは泣いた

教えてやろう　よく聞けよ

グロスター

81　「カネ／キン」両方の意味

　　ああ　　何てこと！

リア王

　　馬鹿が演じる　　舞台に出され

　　人は皆（みな）　生まれ落ちると　泣き叫ぶ

　　［野草の冠（かんむり）を指差し］

　　これは　なかなか　良い帽子

　　騎兵の馬の　蹄（ひづめ）　皆（みな）

　　フェルトにしては　どうだろう

　　試してみよう　義理の息子の　寝込みを襲い

　　さあ殺（や）れよ　殺（ころ）せよ　殺せ　殺し尽くせよ！

（紳士　従者たち登場）

紳士

　　ああ　ここに　いらっしゃったぞ　お連れしろ

　　最愛の　娘さまより　指示を受け……

リア王

　　助けは来ぬか　ああ何と！　生け捕りか？

　　わしはなあ　運命に　弄ばれた　道化だな

　　丁重に　扱うのだぞ　身代金は　払うから

　　外科医を呼んで　くれまいか

　　傷は脳まで　達してる

グロスター

　　何事も　仰せのままに

リア王

　介添えは　いないのか？　ただわし一人？

　これではわしも　男泣き

　わしの目を　庭のじょうろに　するつもり？

　なるほど秋の　埃　抑える　役目だな

　雄々しく死んで　ゆくからな

　こざっぱりした　花婿のよう

　何だって?!　そう　陽気にな

　さあ　ついて来い　わしは王だぞ　分かっておるな

紳士

　あなたさま　国王陛下　我々は　臣下です

リア王

　それならば　まだ命　あるのだな

　わしの命が　欲しければ　取ってみよ

　さあ　駆けくらべ！　サッサッサ　エサホイサ

　（リア王は走って退場　従者は後を追う）

紳士

　身分卑しい　者でさえ　見るも哀れな　光景だ

　ましてや　王位　就かれてた方……

　筆舌に　尽くせぬ思い　身を過る

82　ポルトガル語の "jorro"［噴出する／流し込む］が語源と
　する説がある。草木などに均等に水をかける容器

姉の二人が　もたらした

呪い　身に受け　妹一人

子としての情　お示しできる　ことになる

エドガー

失礼ですが ……

紳士

ごきげんよう　どうしたのです？

エドガー

戦いのこと　何かお耳に？

紳士

入っています　悍ましい

誰もが聞いて　知っている

エドガー

お教え願う　敵の軍勢　どの辺り？

紳士

接近してる　早足で

主力部隊が　もうすぐ近く　見えるはず

エドガー

ありがとう　ございます

聞きたいことは　それだけで ……

紳士

女王さまは　事情があって　ここにおられる

だが　軍勢は　前線へ

エドガー

ありがとう　　ございます

　　（紳士退場）

グロスター

　　慈しみある　神々よ
　　私の命　お召取り　願います
　　また悪霊に　唆されて　自ら命　断とうなど
　　邪心起こさぬ　ためとして……

エドガー

　　おやじさま　その祈り　なかなかのもの

グロスター

　　さて　どなたです？

エドガー

　　運命の波に　さらわれて
　　耐え忍び　悲しみを　体験し
　　人に心を　寄せること　学び始めた　貧しき者で
　　さあ　お手を　お貸しください
　　どこか休める　所へと　案内します

グロスター

　　感謝しますぞ
　　天の恩恵　祝福が　あなたの上に　幾重にも

　　（オズワルド登場）

オズワルド

　懸賞金が　ついている　お尋ね者だ

　これはツイてる！　おまえ付けてる　目のない頭

　俺の財産　増やしてくれる　手短に　懺悔しな

　剣は抜かれた　おまえの命　取るために

グロスター

　さあさ　その　慈悲の手に

　力を込めて　斬ってくれ

　［エドガー　二人の間に割って入る］

オズワルド

　何をする！　どん百姓め！

　お触れの出てる　謀叛人　庇うのか

　どきやがれ！　そうしなきゃ

　巻き添えを　食らっちまうぞ

エドガー

　おら　どかねえよ　そんな脅しは　恐かねえ

オズワルド

　どけと言うのに！　この下郎！　命がないぞ！

エドガー

　旦那はん　あんさんが　おどきやす

　うちらみたいな　貧乏人を

　どうぞ通して　おくれやす

　あんさんの　安っぽい　こけ威し

223

そんな言葉で　引き下がる　くれえなら
百年前に　あの世ゆきでぇ！[83]
このお年寄り　その近くには
来るんじゃねえぞ　本気だからな
てめえの付けた　腐っちまった　りんご頭と
この棍棒の　どっちが堅えか
見てみるか　さあやるぞ！

オズワルド

死にやがれ！　できそこないの　キョウ言野郎[84]

エドガー

歯をボロボロに　してやるぞ　さあ勝負！
なんだその突き　ケンもホロロの
いきじねえ　剣さばき[85]

（二人は闘い　エドガーがオズワルドを倒す）

オズワルド

どん百姓め　やりやがったな
クソッたれ！　この財布
やるから　俺を　葬ってくれ

83　話す途中で気が立ってきて、京都弁から急に江戸っ子っ
　　ぽくなるのである
84　「狂／京（言）」のかなり無理なギャグ。
85　キジは「ケン」や「ホロロ」と鳴く。「意気地」は「いきじ」
　　とも読む

してくれりゃ　いい人生が　待ってるだろう
それから　俺の　懐_{ふところ}に　手紙があるが
グロスター伯　エドマンドさま　宛のもの
英国軍の　陣地に出向き　手渡してくれ
ああ何てこと！　これで終わりか　死んでいく
死ぬぅ〜ぅ〜
［息途絶える］

エドガー

おまえのことは　よく知っている
悪党ながら　一筋だった
悪を企む　女主人に　よく仕え
悪党として　無類の者だ

グロスター

なに?!　死んだのか？

エドガー

お座りなさい　おやじさま　お休みを
ポケットを　探ってみます
言っていた　手紙の中身
こちら有利に　なるのかも
死にました　でも他の　首切り人に
殺されない　だけのこと
見てみよう　封を切り　マナーに悖_{もと}る　行為だが
見逃して　いただこう　敵の心を　知るために
心臓までも　切り裂くことも　あるという

手紙なら　まだましだ
［手紙を読む］
「お互いに　交わした愛の
誓いのことは　忘れないでね
あの人を　始末する
チャンスには　事欠かないわ
殺る気さえ　あるのなら
時間も場所も　余りある
あの人が　無事に凱旋
したのなら　もうおしまいよ
私はずっと　囚われの身で
ベッドは嫌な　牢獄になる
その忌まわしく　生温かい　地獄から
どうか私を　救い出し
夫の代わり　してくださいね
あなたの妻と　呼ばれたい　私です
心より　愛を込め　恋の奴隷の　ゴネリルより」
ああ　底なしだ　女の欲は
ご立派な　ご主人の　命を狙い
僕の弟　その地位に　就けようなどと！
この砂の中　情欲に
狂った者の　汚れた飛脚　消えていく
時期が来たなら　邪悪な手紙
命まで　狙われた　公爵さまに

226

　　サプライズとし　ご覧に入れる
　　おまえの死　手紙の使い　そのすべて
　　公爵さまに　伝えよう
グロスター
　　王さまは　気が触れられた
　　それなのに　このわしは　気は確か
　　無量の悲しみ　内に秘め
　　打ち負かされず　立っている
　　気が触れたなら　楽だろう
　　そうなれば　わしの思いは
　　悲しみからは　解き放たれて
　　苦痛の種はバラバラに　飛び散るだろう
　　［遠くで軍鼓の音］
エドガー
　　さあ　お手を　遠くから
　　軍鼓の音が　聞こえます
　　おやじさま　こちらのほうへ
　　知り合いの　所へと　お預けします

　　（グロスター　エドガー退場）

フランス軍の陣営

（コーディリア　ケント　医者　紳士登場）

コーディリア

　ああ　善良なケント伯　その善良さ

　報いるために　どのように生き

　働けば　いいのでしょうか？

　私の命　短すぎ　どんなに努力　してみても

　及ぶものでは　ありません

ケント

　過分の評価　痛み入ります

　王に関する　報告すべて　本当のこと

　付け加えたり　カットしたもの　ありません

コーディリア

　まともな服に　お着替えを

　その衣服では　これまでの　辛い日々など

　思い出される　ことでしょう

　お召し替え　くださいね

ケント

　もう少し　お時間を　いただけますか？

　コーディリアさま

　私が誰か　知られると

　我が計画に　支障が出ます

　どうかしばらく　知らぬ素振りを　お願いします

コーディリア

　そうならば　そうしましょうね

　［医者に］　お父さま　いかがです？

医者

　まだ　お休みに　なってられます

コーディリア

　ああ　慈しみある　神々よ

　虐待受けた　大きな傷を　お治しになり

　子供になった　お父さま

　調子外れの　狂った弦を　調えて

　昔の調べ　奏でてほしい

医者

　もう充分に　お休みに　なられた様子

　お起こししては　いかがです？

コーディリア

　判断は　お任せします

　父に良いよう　お願いします

　もう着替えなど　済みました？

（リア王は椅子に座り　従者に運ばれて登場）

紳士

　ぐっすりと　お休み中に

　新しい　服に着替えて　いただきました

医者

　お起こしします　その際に

　どうか近くに　おいでください

　落ち着いて　いらっしゃるはず

コーディリア

　それは良かった

　［音楽の演奏］

医者

　もっとおそばに　その音楽を

　もう少し　大きな音で

コーディリア

　ああ　お父さま　この私_{わたくし}の　唇に

　回復へ　導く効果　宿ってて

　二人の姉が　加えた傷を

　癒すこと　できますように！

ケント

　なんという　お優しい　心根か！

コーディリア

　実の父では　ない人でさえ

　この白髪_{しらが}　見たならば　誰しも心　動かされます

　このお顔　吹きすさぶ

嵐の中に　晒してよいの ?!

恐ろしい　高速の　稲妻走り

凄まじい　落雷の中

立たせておいて　よいのです？

こんなに薄い　兜を被り

見張りする　哀れな歩哨　さながらに

私の手　噛んだ犬でも　あんな夜なら

炉端に入れて　あげたはず

それなのに　お父さま　かわいそう

寄る辺なき　浮浪者や豚　ご一緒に

かび臭い　貧しい小屋の　藁の上

やむなく一夜　過ごされたとは

ああひどい！　ひどいこと！

お命と　思考力　共に失くさず　それこそ奇跡

ああ　お目覚めよ　言葉をかけて　あげてみて

医者

コーディリアさま　なさるのが　ベストです

コーディリア

国王陛下　お目覚めですね

ご気分は　いかがです？

リア王

墓からわしを　取り出すなんて

ひどいこと　する奴だ

おまえはきっと　天国に住む　精霊だ

だがわしは　燃え盛る　炎の車輪に　縛られて
流す涙は　溶け落ちる　鉛となって　熱くなり
わしの頬　焼け焦がすのだ

コーディリア

私が誰か　分かります？

リア王

精霊だろう　いつ死んだのじゃ？

コーディリア

［医者に］　まだ心　道を彷徨い
取りとめが　つきません

医者

まだしっかりと　お目覚めでない
しばらくそっと　しておきましょう

リア王

わしは今まで　どこにいた？
ここはどこ？　明るい陽射し
ひどいまやかし　なされてる
誰かがこんな　ことされてるの　見るだけで
わしは哀れに　なり果てて　死ぬだろう
言葉では　うまくは言えん
これがわしの手？　それさえも　確かではない
ちょっと待て　ああ針で
突いたら　痛み　感じてる
一体　わしは　どうなっておる⁉

コーディリア

　私をご覧　なってください

　［跪く］　そのお手で　私^{わたくし}に　祝福を！

　いえ　王さまは　跪いたり　なさってはだめ

リア王

　わしなんぞ　耄碌爺^{もうろくじじい}　八十の年　ちょうど過ぎ

　正直言って　正常で　ないらしい

　どことなく　あなたには　見覚えがある

　この男にも　だが自信ない

　まずここが　どこなのか　見当つかん

　この服も　どこで着たのか　覚えがないし

　昨日どこにて　宿泊したか

　その記憶さえ　確かではない　憐れんでくれ

　だが　はっきりと　そこの婦人は

　我が娘　コーディリアだと　思えるのだが

コーディリア

　そうです　私　私です！

リア王

　泣いておるのか？

　やはりそうだな　泣かないでくれ

　毒飲めと　言うのなら　飲みましょう

　おまえは　わしを　恨んでるはず

　姉たちに　酷なこと　されたのだけは　覚えてる

　おまえには　そうする理由　あるはずだ

姉たちに　それがない

コーディリア

そんな理由は　ありません　なに一つ

リア王

わしは今　フランスに　来ておるか？

ケント

ご自分の　王国ですが……

リア王

冗談だろう

医者

激怒の渦は　消え去りました

もう心配は　要りません

ただ一つ　失われたる　時を今すぐ

取り戻そうと　することは　危険です

奥にお連れに　なってください

もう少し　落ち着きを　取り戻し

しっかりなさる　そのときまでは

そっとして　おかれたほうが……

コーディリア

お歩きに　なれますか？

リア王

我慢してくれ　頼むから

過去を忘れて　許しておくれ

わしは　老いぼれ　馬鹿なのだ

（リア王　コーディリア　医者　従者たち退場）

紳士

　コンウォール公　殺されたのは　本当ですか？

ケント

　間違いはない

紳士

　彼の軍隊　総指揮は？

ケント

　グロスター伯　その庶子の
　エドマンド　そう聞いている

紳士

　噂では　追放された
　実子エドガー　ケント伯　共
　ドイツにいると　いうことですね

ケント

　噂など　当てにはならぬ
　油断してなど　いられない
　英国軍は　スピード上げて　迫り来る

紳士

　血みどろの　決戦に　なりそうですね
　では　さようなら

（紳士退場）

ケント
　入念に　作ったわしの　人生の
　目的と　条件を　満たすのか
　吉と出るのか　凶と出るのか　分からぬが
　今日の決戦　しだいだな

　（ケント退場）

第5幕

ドーヴァー近くの英国軍の陣営

（軍鼓　軍旗　エドマンド　リーガン
将官たち　兵士たち　その他登場）

エドマンド

この前の　作戦が　そのままなのか
それとも　その後　何らかの理由にて
変えられるのか　公爵に　聞いてこい！
変更ばかり　悔やんでばかり　馬鹿なんだよな
最終決議　何なのか⁉

（将官退場）

リーガン

姉の送った　使いの者に
きっと何かが　あったのよ

エドマンド

その恐れ　ありますね

リーガン

　ねえ　エドマンド　私がね

　あなたのために　しようと思う　良いことを

　あなたは知って　いるのでしょ

　どうなのよ　ホントの気持ち　言ってよね

　姉なんか　愛してなんか　いないわね

エドマンド

　あなたへの　一途_{いちず}な愛だ

リーガン

　一度たりとも　兄だけに　許された

　禁断の場へ　入ったことは　ないのでしょうね

エドマンド

　邪推にも　ほどがあります

リーガン

　気になるの　心ばかりか　体　繋がり

　もう姉のものに　なってるのかと

エドマンド

　名誉にかけて　そのようなこと　ありません

リーガン

　姉だって　容赦しないわ

　いちゃつかないで　くださいね

エドマンド

　そんな心配　何もない

238

　　ああ　ゴネリルさまと　公爵さまだ

（軍鼓　軍旗の後　オルバニー　ゴネリル登場）

ゴネリル

　［傍白］妹が　彼と私を　裂くのなら
　戦いに　敗れたほうが　まだましね

オルバニー

　我が妹よ　久しぶりだな
　エドマンド　今聞いた　知らせだが
　コーディリアいる　陣営に　リア王は　入られた
　厳格な　我ら支配に　不平を抱く　者共も
　合流したと　いうことだ
　正義なき　戦では　勇敢に　戦えぬ
　だが今回は　当方に　理由あり
　フランス軍が　我が領土
　侵略すると　いうからは　放置はできぬ
　かと言って　リア王や　同胞の者
　相手にし　戦うことが　正義だと　思えない

エドマンド

　ご立派な　お言葉ですね

リーガン

　なぜこんなとき　理由づけなど　要るのです？

ゴネリル

結束し　戦うことが　先決よ

　内輪揉めなど　するときじゃない

オルバニー

　経験積んだ　将官集め　作戦を　決定しよう

エドマンド

　本陣　すぐに　参ります

リーガン

　お姉さま　どうか　私とご一緒に

ゴネリル

　いいえ　結構

リーガン

　まあ　そう言わず　ご一緒に　参りましょう

ゴネリル

　［傍白］　ほほう　嫌味な　当てつけだこと

　［声に出して］　では　行きましょう

　（一同　退場しようとすると

　［変装姿の］　エドガー登場）

エドガー

　［オルバニーに］　貧しき者で　ありますが

　お耳拝借　いただけるなら

　一言申し　上げたきことが　ございます

オルバニー

［一同に］　すぐに行くから

（エドマンド　リーガン　ゴネリル
将官たち　兵士たち　従者たち退場）

言いたいことは　何なのだ？
エドガー
　戦の前に　この手紙　お開けください
　勝利なら　トランペットを　吹き鳴らし
　これ持参した　男をここに　お呼びください
　惨めな姿　しておりますが
　書かれてること　正しいと
　剣により　証明します
　もし戦にて　敗北となられたら
　この世における　閣下の仕事　終えられる
　そのときは　暗殺の企ては
　自然消滅　いたします
　ご武運を　お祈りします
オルバニー
　すぐに読むから　待っておれ
エドガー
　待つゆとり　ないのです
　そのときが　参りますれば
　トランペットを　吹き鳴らし　お呼びください

再び　ここに　参ります

オルバニー

　　承知した　さあ行くがよい

（エドガー退場　エドマンド登場）

エドマンド

　　敵の軍が　現れました
　　今すぐに　我が軍の　隊列を　整えて
　　この報告は　敵軍の兵力　装備
　　斥候が　もたらせたもの
　　お急ぎを！　緊急を要します！

オルバニー

　　よし　出陣だ！

（オルバニー退場）

エドマンド

　　姉と妹　両方に　愛の誓いを　交わしておいた
　　お互いが　お互いに　嫉妬している
　　毒蛇に　噛まれた者が
　　毒蛇を　見る目して　睨んでる
　　どちらの女　取ろうかな？
　　二人とも？　どちらか一人？

両方とも　捨て去るか？

二人が共に　生きてる間

どちら取ろうが　楽しめぬ

後家のリーガン　取るならば

激怒した　ゴネリルは　発狂するに　決まってる

しかしだな　亭主が生きて　いる限り

姉のほう　取るわけに　いかないし

今のうち　亭主の権力　利用する

戦が済めば　亭主の始末

うずうずしてる　女がいるぞ

あの亭主　リアと並んで　コーディリアにも

情けをかける　気持ちだな

戦終わって　勝てば二人は　こちらの手中

その場合でも　思惑通りに　恩赦など

与えたり　するものか

目下のところ　やるべきことは

自分の身　守ること

理屈など　クソ食らえ！

（エドマンド退場）

第2場

英仏両軍の間の戦場

[トランペットの音　軍鼓と軍旗と共にリア王
コーディリア　フランス兵士たち
舞台を通過する]

（エドガー　グロスター登場）

エドガー

おやじさま　この木陰にて　お休みを
正義が勝つと　お祈りを
あなたのもとへ　また戻れたら
良い知らせ　届けます

グロスター

神のご加護が　ありますように！

（エドガー退場）

[激しい軍鼓の音　そのあと　退去を命ずる
トランペットの音]

（エドガー登場）

エドガー

　逃げるのですよ！　おやじさま

　さあ　お手を！　逃げましょう！

　リア王は　負けました

　コーディリアさま　王さまも

　連れて行かれて　しまったのです

　さあ　お手を！　今すぐに！

グロスター

　もうここでよい　野垂れ死になら　ここでもできる

エドガー

　何ですか?!　また忌わしい　考えを！

　人は我慢を　しなければ

　生まれたときと　同じよう

　死ぬときまでも　同じこと

グロスター

　その通りだな

　(エドガー　グロスター退場)

第3場

ドーヴァー近くの英国軍の陣営

（軍鼓　軍旗と共に　勝利を挙げたエドマンド
捕虜としてリア王　コーディリア　将官たち
兵士たち登場）

エドマンド

　この二人　連れて行け
　監視　厳しく　するんだぞ
　処分　決定　されたあと
　上官からの　指示があるまで　留めおけ

コーディリア

　最善願い　最悪の　結果招いた　私たち
　初めての　例だとは　思えない
　お父さま　国王なのに　ひどい扱い
　私の心　挫けます　私一人で　あるのなら
　ずるい女神が　渋い顔して　睨みつけても
　睨み返して　やりますわ
　姉上たちに　お会いには　ならないの？

リア王

　会いはせぬ　絶対に！　絶対会わぬ！
　さあ牢獄に　行くとしようか……

246

二人っきりで　籠の鳥　歌でも歌い　暮らすのだ
おまえがわしの　祝福を　願ったら
わしはまず　跪き　おまえの許し　乞うだろう
そのようにして　生き　祈り　また歌うのだ
昔話に　花咲かせ
色とりどりの　蝶を愛で　微笑もう
その他に　貧しい者が　宮廷の
噂するのを　聞いて楽しむ
その者たちと　話して
誰が勝ったか　負けたかや
誰が盛りで　誰　落ち目
神様の　スパイのように
有為転変の　不思議さを
教えるふりして　過ごすのだ
牢獄の　壁に囲まれ　月の満ち欠け　そのままに
有力者　その　浮き沈みなど
眺めるだけで　穏やかに　生きてゆく

エドマンド

連れて行くのだ！

リア王

コーディリア　おまえのような　生贄ならば
神々が　自ら香を　焚いてくださる
[コーディリアを抱きしめて]　もう離さない！
我ら二人を　引き離そうと　するのなら

天上の　松明を　盗んで来ぬば　なるまいて
　　そして　狐を　燻し出すよう
　　松明の火で　追い立てろ
　　さあ　涙　拭っておくれ
　　奴らの肉や　肌などが　疫病に　取り憑かれ
　　滅び去るまで　泣きはせぬ
　　奴らが飢えて　死にゆく姿
　　見届けてやる　さあ行こう！

　　（リア王　コーディリア　兵士に連れられて退場）

エドマンド

　　隊長　ここへ！　よく聞けよ
　　これが　その　命令書
　　［紙片を手渡す］
　　二人のあとを　追い　牢獄へ
　　一階級は　昇進させた
　　命令通り　これをやったら
　　さらに昇進　保証する
　　覚えておけよ　人とはな
　　時に準じて　生きるのだ
　　憐みなどは　戦場にては　不必要
　　重大な　おまえの任務
　　是非を論じる　ものでない

248

やると言うのが　嫌なら他の
出世の道を　探すのだ

隊長

絶対に　やってみせます

エドマンド

では　取り掛かれ　やり終えて
幸せを　勝ち取ればよい
よいな　今すぐ　俺が計画　した通り
実行しろよ　分かったな

隊長

荷馬車　引いたり
オートミールを　食べたりは　苦手です
人として　価値ある仕事　それならば　喜んで

（トランペットの音　オルバニー　ゴネリル
リーガン　兵士たち登場）

オルバニー

グロスター伯　今日の戦い
勇ましい　活躍だった
幸運の　女神も味方　してくれた
この戦いの　敵となられた
お二人を　捕縛されたな
お二人のこと　申しておくが

処遇には　落ち度なく

我らのほうの　安全も気をつけて

エドマンド

老齢の　哀れな王は　監禁し

しっかり　監視　付けました

高齢で　あることや　国王で　あったことなど

民衆の　同情などを　引き寄せて

兵士まで　心揺れ　指揮を執る　我らにも

矛先を　向けるかも　しれません

国王と　ご一緒に　フランス王妃

監禁し　同様に　扱いました

理由は同じ　両名共に

明日か　それ以後　開廷の場が　決まったら

その場所に　連れて行きます

今　我々は　汗と血に　まみれています

友は友　失って　まだ興奮が　冷めやらず

その激烈さ　味わった　者にとっては

正義の戦　分かっていても

目下のところ　呪うべきもの

コーディリアと　父親のこと

またあとで　適当な場が　いいだろう

オルバニー

言っておく　この戦では　そちの立場は

　　家臣の一人　兄弟ぶった　話しぶり　不愉快だ

リーガン

　　兄弟の　その資格　喜んで

　　この私　差し上げましょう

　　今のお言葉　その前に

　　私の気持ち　お聞きになるの　順当よ

　　伯爵は　私の地位と　権威とを　委ねられ

　　私の軍を　統率し　戦って　くださいました

　　そこまで深い　結びつき

　　だから　あなたの　弟ですわ！

ゴネリル

　　何でそんなに　ブチ切れてるの！

　　伯爵は　ご自身の中

　　光るもの　お持ちです

　　あなたの地位や　権威など　必要ないわ！

リーガン

　　私の権威　その後ろ盾　あってこそ

　　伯爵は　最高の　地位にまで　昇り詰めます

オルバニー

　　エドモンド　もう夫にと　したのかい？

リーガン

　　道化のジョーク　時として

　　事の予言と　なりますね

冗談として　話される　ことの中
　　真意の言葉　よくあるわ
ゴネリル
　　おやおや　これは　呆れるわ！
　　あなたには　人を見る目が　あるのかしらね
リーガン
　　どうしてか　胸が苦しい
　　そうでなきゃ　怒りの言葉
　　投げつけて　やれるのに
　　［エドマンドに］私の兵士　捕虜　財産を
　　差し上げる　ご自由に　お使いを
　　それに　私も　私を守る　心の壁も
　　みんな皆（みな）　あなたのものよ
　　世に広く　認めてもらう
　　今日から　あなた　私の夫　私の主（あるじ）
ゴネリル
　　この人を　自分のものに　しようなど！
オルバニー
　　おまえに　それを　やめさせる
　　権利でも　あるのかい？
エドマンド
　　あなたにも　ないはずだ！
オルバニー

252

それがあるんだ　ハーフ殿[86]

リーガン

[エドマンドに]　太鼓を打って　皆を集め

私の称号　あなたのものに

なったこと　告知しましょう

オルバニー

それはならぬ　その理由　聞かせてやるぞ

エドマンド　貴様をな　大逆罪で　逮捕する

[ゴネリルを指差し]

この上辺だけ　金粉を　塗り込めた

毒蛇の女　同罪だ！

[リーガンに]　妹の　おまえの主張

私はそれに　意義申したい

なぜならば　ゴネリルは　そこの男と

再婚の　誓約を　交わしておるぞ

そういうわけで　この女には　夫の私

おまえがしたい　結婚予告[87]

その儀式には　反対だ

86　原典　"half-blooded fellow":「混血児／私生児」の意味
　今の日本語では誹謗語なので使いにくい。原義そのままに訳
　した。これも誹謗語と非難されたらお手上げだ。オルバニー
　は誹謗しようとして言っているのだから

87　原典 "banes" 今の英語の "banns": 通例、教会で挙式の予
　告を公表し、その結婚に異議があるものは出頭し、理由を述
　べる権利がある

おまえがもしも　結婚する気　あるのなら

この私にと　申し込み　すればいい

ゴネリルと　エドマンド　婚約してる　証拠ある

ゴネリル

やめにして！　茶番劇！

オルバニー

闘う用意　できてるな　エドマンド

トランペットを　吹き鳴らせ

もしその合図　誰も応ぜず

数々の　憎むべき　反逆行為

おまえの本性　証明できる　男がここに

来なければ　私　相手に　なってやる

［手袋を投げる］⁸⁸

悪行を　思い知らせて

やるまでは　食事は取らぬ

貴様　まさしく　私がここで

言った通りの　悪党だ

リーガン

ああ　胸が　苦しくて　息ができない

ゴネリル

［傍白］　そうでなきゃ　毒薬の　意味がない

エドマンド

88　決闘の意志表示

254

これが返事だ
［手袋を投げる］
どこのどいつだ！
この俺を　謀叛人だと　言う奴は！
大嘘つきの　悪党だ
トランペットを　吹き鳴らし　呼び出すがいい
向かってくると　言うのなら
そいつでも　おまえでも　誰であろうと
俺の誠意と　名誉を守る

オルバニー

おい　伝令を！
［エドマンドに］　頼れるの　自分一人だ
貴様の兵士　もとは私が　集めたものだ
だから　私の　名において　解散させた

リーガン

ますます　ひどく　なってくる！

オルバニー

具合がとても　悪そうだ
私のテントに　連れて行け

（連れられて　リーガン退場　伝令登場）

トランペットを　吹き鳴らせ！
［トランペットの音］　声高く　これを読め

将官

　トランペットを　吹き鳴らせ！

伝令

　［読み上げる］

　「我が軍にての　地位や階級　問うものでない

　グロスター伯　名乗ってる　エドマンド

　これに対して　大逆罪を　犯したと

　告訴する者　三度目の

　トランペットの　音^ねに応え　出頭いたせ

　エドマンド　挑戦受ける」

オルバニー

　トランペット　吹き鳴らせ！

　［一度目の音］

　もう一度！

　［二度目の音］

　もう一度！

　［三度目の音］

　［これに応じる　トランペットの音］

　（トランペットを手に　武装したエドガー登場）

　その者に　尋ねてみよ

　トランペットの　音に応え　現れた目的を

伝令

　名前　身分を　言ってみろ

　なぜ呼び出しに　応じたか

エドガー

　実は　名は　なくなりました

　謀叛人　隠した牙に

　噛まれ　食われて　跡形もない

　だが身分では　対峙する

　決闘で　敵は必ず　退治する

オルバニー

　敵というのは　誰なのだ

エドガー

　グロスター伯　名乗る者は　どこにいる ?!

エドマンド

　ここにいる　俺に何が　言いたいか !?

エドガー

　剣を抜け！　僕の言葉が　貴族たる

　貴様の名誉　傷つけた　そう言うのなら

　その剣で　正義　証明　するがいい

　僕も抜く　見るがいい

　名誉や誓い　盾として

　騎士である　特権を！

　貴様に力　地位　若さ　名声があり

　軍の勝利や　新たなる　幸運あるが

貴様　正真正銘の　謀叛人
神に背いて　兄を欺き　父親を　裏切って
ここにおられる　公爵さまの
命を狙う　極悪人だ　頭から　足の先まで
足の先　付着した　埃まで
毒を持つ　ヒキガエル　顔負けの　謀叛人
「いや違う」など　言ってみろ
この剣　この腕　この絶大な　勇気結集
おまえの心臓　突き刺して
大声で　おまえ　詐欺師と　言ってやる

エドマンド

決闘の　ルールから
おまえは名前　言うこと必須
だかしかし　立派な武装　話しぶり
身分ある者　違いない
騎士道の掟から　外れるが　まあそれはいい
謀叛人だという　誹り　おまえの顔に　投げ返し
おまえの吐いた　下劣な嘘で
心臓を　叩き潰して　やるからな
言葉だけでは　通り過ぎ
かすり傷さえ　与えない
俺の剣　風穴を開け　俺に与えた　汚名をみんな
おまえの体　塗り込んでやる
［剣を抜く］

トランペットを　吹き鳴らせ！

（決闘開始のトランペットの音　二人は闘う
エドマンド　倒れる）

オルバニー

　　[エドガーに]　殺すな！　手を置け！　しばし待て！

ゴネリル

　　謀られたのよ　エドマンド

　　騎士道の掟では　名前を告げぬ　相手とは

　　あなた　闘う　必要なんて　なかったわ

　　負けたんじゃない　欺かれたの　騙されたのよ

オルバニー

　　黙れ！　それとも　この手紙にて

　　口に栓でも　詰めようか

　　[エドマンドに]　じっとしろ！

　　[ゴネリルに]　おまえは　どんな　悪党よりも

　　なお悪い　自分の悪事　読むがいい

　　[ゴネリル　手紙を奪い取ろうとする]

　　破るつもりか！　覚えがあると　いうことだ

ゴネリル

　　それがどうだと　言うのです⁉

　　法律は　私のものよ　あなたじゃないわ

　　誰が私を　裁けるの?!

オルバニー

　このモンスター！　この手紙　覚えはあるな！

ゴネリル

　どうでもいいわ　そんなこと！

　（ゴネリル退場）

オルバニー

　［将官に］　あとを追え！　絶望してる
　監視するのだ

　（将官退場）

エドマンド

　俺の罪だと　責められたこと
　そのすべて　認めるぞ　いや他に　数多くある
　だが　時が　明かしてくれる　はずである
　もうすべて　過去のこと　俺自身　過去になる
　だが　おまえ　何者だ⁉
　俺を　どん底　突き落としたな
　もし　貴族なら　許してやるぞ

エドガー

　もう　お互いに　許し合うのだ
　血筋なら　劣りはしない　エドマンド

優<ruby>優<rt>まさ</rt></ruby>ってるなら　貴様の罪は　重くなる

僕の名前は　エドガーだ

同じ父親　持つ身だが　神は正義だ

悪徳の　快楽が　我々を　懲らしめる

暗い　堕落の　ベッドの中で

おまえ作った　その結果

光なき　世界へと　父は転落　していった

エドマンド

その通りだな　運命の　車輪はここで

一回り　回った先が　このざまだ

オルバニー

［エドガーに］　立ち居振る舞い　見ただけで

由緒ある　貴族の出だと

察しておった　ハグさせてくれ

私が仮に　君や父上　嫌ったことが　あったなら

悲しみで　心は裂けて　<ruby>砕<rt>くだ</rt></ruby>けるだろう

エドガー

お心は　かねがね知って　おりました

オルバニー

どこに潜んで　いたのだな？

父親の　苦しみを　いかにして　知ったのだ？

エドガー

面倒を　見ていたのです　手短に　申します

話すだけでも　胸が張り裂け　苦しいが

私は　身に迫る　死刑宣告　逃れるために
―――　生きてることは　素晴らしい
刻一刻と　死に近づいて　いようとも
今すぐに　死ぬよりは　ましですね　―――
ボロを纏って　狂人のふり
犬にさえ　軽蔑されて　彷徨ううちに
失った　両目から　血を流してる　父に出会って
父の手　引いて　物乞いをして
絶望の　崖っぷちから　救い出し
―――　悔いたとしても　遅いのですが　―――
ずっと名乗らず　半時間ほど　前のこと
鎧　この身に　着けたとき
勝つと思うが　一抹の　不安があって
父からの　祝福求め　我が遍歴の
一部始終を　話したのです
そうしたら　弱りきってた　父の心臓
喜びと　悲しみの　激しい気持ち　せめぎ合い
とうとうそれに　耐えきれず
父は　微笑み　浮かべつつ　事切れました

エドマンド

感動的な　今の話で　胸を打たれた
何か善行　できるかも
先を続けて　話まだ　あるはずだ

オルバニー

　もしあるのなら　さらに悲しい　ことだろう

　胸に留めて　おいてくれ

　今の話を　聞くだけで　涙の海に　溺れそう

エドガー

　悲しい話　お好きでは　ない方々に

　もう充分と　思われますが

　どうしても　もう一つ

　お話しせねば　なりません

　でもこれを　話すなら　悲しさの

　極限を　超えてしまうか　しれません

　亡くなった　父のそば

　大声上げて　嘆いていると

　男が一人　現れました

　この私　乞食姿で　あった頃

　あまりにも　忌わしい　姿形で　あったため

　近寄ろうとも　しなかった人

　嘆き悲しむ　私が誰か　気がつくと

　その太い腕　しっかり私　抱きしめて

　天を貫く　喚き声上げ

　父の亡骸《なきがら》　その上に　身を投げて

　語り始めた　王と彼との　物語

　誰しも未だ《いま》　耳にしたこと　ない　逸話

　語るうち　その思い　激しく胸を　突き上げて

　命の糸も　切れんばかりに　……

そのときに　トランペットの
二度目の音が　鳴り響き
気を失った　その人残し
駆けつけたので　ございます

オルバニー

で？　その人とは？

エドガー

ケントさまです　追放された　ケント伯爵
変装し　いわば敵の　王を慕って
奴隷でさえも　しないほど
身を粉にして　王にお仕え　なさってた

（血まみれの　短剣を持ち　紳士登場）

紳士

大変だ！　大変なこと！

エドガー

何が大変　なのですか？

オルバニー

言ってみろ！

エドガー

血まみれの剣　どうしたのです？

紳士

まだ熱い　蒸気が出てる

刺さってた　胸から　すぐに
抜き取って　来たのです
ああ　お亡くなり　あそばした

オルバニー

誰なのだ⁉　死んだのは　早く言え！

紳士

公爵夫人　奥さまでして
リーガンさまを　毒殺したと　告白を……

エドマンド

俺は二人と　婚約してた
これで三人　死で結ばれる

エドガー

あそこには　ケント伯爵　そのお姿が

（変装を解いた　ケント登場）

オルバニー

生死は問わぬ　二人をここへ　運び込め

（紳士退場）

天の裁きだ　怖れ戦く
だが憐みの　情は起こらぬ
［ケントへ］　おお　ケント伯

こんなときゆえ　本来ならば　あるはずの
ご挨拶　省かせて　もらいます

ケント

私がここへ　来たわけは
我が主君　リア王に　永のお暇　告げるため
王はここには　おられない？

オルバニー

大事なことを　忘れておった
言え！　エドマンド
王さまは　どこ？
コーディリアさま　どこなんだ？
ケント伯　ご覧ください　この有様を
［ゴネリルとリーガンの死体が搬入される］

ケント

何てこと！　これはどうして？

エドマンド

エドマンド　俺は確かに　愛されていた
俺のために　姉は妹　毒殺し
そのあとに　自殺した

オルバニー

その通り　二人の顔に　打ち覆い[89]　掛けておけ

エドマンド

89　遺体の顔の上に掛ける白布

266

息が苦しい　生まれつき　歪んだ気質　治らぬが
良いことを　してみたい
今すぐ城に　急使出せ　今すぐだ
俺が先ほど　自分で書いた　命令書
リア王と　コーディリアさま
命　関わる　ことだから
さあ早く　早くしないと　間に合わん

オルバニー

走るのだ！　今すぐ　走れ！

エドガー

誰のもとへと？　権限は誰の手に？
救済の　印はないか？

エドマンド

よく気がついた　この剣を持て！　隊長に！

エドガー

さあ急げ！　命懸けだぞ　走るのだ

（将官退場）

エドマンド

奥方と　私とが　命令出した
コーディリアさま　牢獄で　絞め殺し
絶望で　自ら首を　括ったと
偽装するよう　命じておいた

オルバニー

コーディリアさま　神のご加護が！

しばらくは　この男　ここからは出せ

[エドマンド　運び出される]

（コーディリアの遺体を抱いたリア王　将官登場）

リア王

泣け！　泣け！　喚け！

貴様らは　石なのか　声や目は　どうしたか

天上が　割れ響くまで

わしは泣き　喚いてやるぞ

死んでしまった　二度と帰らぬ

わしだって　死んだ者と

生きた者との　区別はできる

土塊(つちくれ 90)　のよう　死んでいる

鏡をわしに　貸してくれ

息で曇れば　生きている

ケント

予言通りの　この世の終わり？

エドガー

恐怖の日　その幻影か?!

90　「墓」の意味もある

オルバニー

　天も落ち　時間も止まれ！

リア王

　羽根が動いた　生きている！

　もしそうならば　今までの　悲しみすべて

　埋め合わす　機会となるぞ

ケント

　［跪き］　我がご主人よ！

リア王

　頼むから　消えてくれ

エドガー

　こちら立派な　ケント伯　お味方ですよ

リア王

　おまえら　皆^{みんな}　疫病に

　取り憑かれれば　それでいい

　暗殺者　謀叛人ども！

　娘　助ける　ことできたかも　もう無理だ

　コーディリア！　コーディリア！　待ってくれ！

　はあ？　何か？　何か言ったか？

　この娘の声は　いつもソフトで　優しく　小声

　女らしくて　慎ましやかだ

　おまえをさっき　殺した奴は

91　「ジェンダー！」などと声高に絶叫する「女らしく」なく
　　なった女性たちに少しは見習ってほしい！

わしの手で　叩き殺して　やったから

将官

その通りです　王自らが　実行された

リア王

当たり前だぞ　若い頃なら

切っ先曲がる　偃月刀を　振りかざし
<ruby>えんげつとう</ruby>

雑兵どもを　踊らせて　やったものだが

年を取り　もうできぬ

それに加えて　辛いこと　連続で

ガックリ　力　衰えた

おまえ一体　誰だった？

目もよく見えん　まあいずれ　分かるだろうが

……

ケント

運命の神　心から　愛し憎んだ

二人がいると　するならば

王と　私は　今　お互いに　相手を見てる

リア王

ぼんやり見える　ケントでは？

ケント

はい　その通り　お仕えしてる　ケントです

では　カイアスは？

リア王

いい奴だ　保証できるぞ

腕も確かで　抜く手も　見せぬ[92]

だが　もう死んで　土の中

ケント

いえ　私めが　ケントであって　カイアスで

リア王

しばらくしたら　それさえ分かる

ケント

王の境遇　悪化した　その当初より

道中ずっと　付き従って　おりました

リア王

よくここまでも　来てくれた

ケント

私一人　ここまでやっと

でも　この世にて　喜びは消え

光は射さず　死そのものです

上の二人の　娘さま　絶望の中　お亡くなりです

リア王

そうだろう

オルバニー

ご自分で　言われたことも　分からぬようだ

名前など　申し上げても　虚しいことだ

エドガー

92　素早く刀を抜くこと　剣の達人

無駄なようです

（将官登場）

将官

　エドマンドさま　お亡くなりです

オルバニー

　この際に　瑣末なことだ

　諸侯や諸君　一同に　我が意向　述べておく

　失意の底の　王の復権

　そのために　尽くす所存だ

　老王が　ご存命にて　ある限り

　大権は　お返しし

　[エドガーとケントに]　二人には　諸権利の

　回復と　この度の　功労に

　報いるように　栄誉授ける

　我が軍の　将兵は　勲功に　そぐう恩賞

　敵方は　罪に応じた　処罰与える

　ああ　あれを　あれを見ろ

　[リア王を指差す]

リア王

　哀れなわしの　道化は首を　括られた

　もう終わり　これで終わりだ　命ない

　どうしてだ？　なぜ犬に　馬に　ネズミに

272

命があって　おまえには　もう息がない
おまえは二度と　帰らない
もう二度と！　絶対に　絶対に　戻りはしない！
頼むから　このボタン　外しておくれ
ありがとう　これが見えるか？
コーディリア　その唇が
ほら　ご覧　その唇が　見えるだろ
ほら　そこだ　そこに見えるぞ……
［息途絶える］

エドガー

気を失って　しまわれた
どうか王さま！　リア王さまが！

ケント

裂けろ　この胸　裂けてくれ！

エドガー

しっかりと！　陛下！　王さま！

ケント

昇りゆく　魂を　これ以上　苦しませるな
静かに王を　お送りしよう
酷い　この世の　拷問台に
これ以上　引き留めるなら　お怒りを　被^{こうむ}るぞ

エドガー

ついにこの世を　去られましたね

ケント

これほど長く　耐えられたこと　それこそ奇蹟
　　断崖の果て　落下しそうな　お命を
　　失くさぬように　からくもじっと
　　踏みとどまって　おられたのです

オルバニー

　　ご遺体の　お運びを ……
　　今　我々の　為すべきことは
　　国を挙げ　喪に服すこと
　　［エドカーとケントに］　心の友よ
　　お二人の　お力を借り
　　共に統治を　行って
　　傷ついた国　立ち直らせて　みせましょう

ケント

　　私は旅路　出ることに　それも間もなく
　　主君が私　お召しです　従うことが　臣下の務め

エドガー

　　悲劇が起こる　この時代
　　我々は　重荷背負って　生きてゆく
　　語らねば　ならぬこと
　　それを語らず　生きてゆく
　　感じることを　口にして　ただ生きてゆく
　　年老いた　方々は　最たる苦悩　耐え忍ばれた
　　若人の　我々は
　　これほどの　苦悩には　耐えられず

長生きなどは　望めない

（葬送の調べとともに　コーディリアの遺体を運
ぶ兵士たち　一同退場）

あとがき

　シェイクスピアは 52 歳という若さで亡くなっている。悲劇の最高傑作と呼ばれる『リア王』は、彼が 37 歳ぐらいのときに書かれた作品である。若くしてよくこんなキレる老人の話が書けたものだと敬服する。

　翻訳には、基本的にアーデン版『リア王』を用いた。10 種類もの多くの原典がある中でこれを選んだのは、亡き妻がロンドンで英文学を学んでいたときのテキストであり、ここに彼女の貴重な多くの書き込みがあったからである。とても参考になった。

　前回、訳した七五調『マクベス』のあとがきの、ほとんどが非人道的なプーチン批判ばかりに集中していたが、今回の『リア王』では、「プチ王」なる人物を揶揄したぐらいで、作品の中に平和な世界を震撼させたウクライナ侵攻、その張本人である極悪な人物への攻撃は極力控えた。

　思うに、シェイクスピアを訳した日本人の中で、訳に関して大きな逸脱はないが、私ほど勝手気ままに自分色を出して訳した人物はいないのではないだろうか。「注」を読めば、「こんなのシェイクスピアの作品の注としてはあるまじきもの！」と、私が女性の権利を「侵攻」しているのと同様の批判がなされるのだろう。

　しかし、私の年代の方々の大多数は私の味方／見方であ

る。それは確信している。今の若者のように、言いたいことを声高に言わないだけのことであって——これは高齢になって、若いときより高い見地から物事を眺めることができるようになったことと、諦めの気持ちが強くなり、達観(?)し、「もうどうにでもなれ」というような気持ちにもなっているからかもしれない。

　ただ、一つ言えることは、時代によって人の感じ方、考え方が大きく変わるということである。シェイクスピアの死後30年ほど経って起こった清教徒革命（1642-1949）によって、クロムウェルの厳格なピューリタンの閉塞的な時代が英国に訪れた（この頃、演劇は悪徳の根源として劇場は封鎖）。ところが、1660年に王政復古がなされ、チャールズ二世が王位に就き、世の中が自由で明るい雰囲気となった。そうしたこともあり、『リア王』のような作品は暗くて陰惨で下品だとして、人々には受け入れ難いものとなっていた。そこで、シェイクスピア没後65年にして、ネイハム・テイトによってハッピーエンド型に書き換えられたのである。

　話はややこしくなるが、シェイクスピアが基にしたのは作者不明の原作品『リア』（Lear ではなく Leir という王が主人公）というものだが、これはハッピーエンドである。この作品ではリア王は復権し、コーディリアは死なない。17世紀の『リア王』の改作版も、コーディリアがエドガーと結婚したりと、原作品には忠実ではないものの、ハッ

ピーなエンディングである。この上演が英国で150年以上も続いた。現在上演されているシェイクスピアのオリジナル作品が復活したのは、1838年である。

　現代という時代、この作品を読まれた方の多くは、リア王の強い思い込みと激情に駆られて即断するという「愚かな罪」に対しては、「罰」が厳しすぎるのでは？と思われるのではないだろうか……　いつかまた原作品や改作のほうが良しとされる日が来るかもしれない。これは人々の受容性、感性しだいだ。
　ただ、現代においても、例外はあるものの親子の情は同じだ。信頼感と不信感、虚偽と正義のせめぎ合い、虚飾を取り去った人間の裸の姿、「見えていたときには見えず、見えなくなって初めて見える」人の世のこと、「どん底にいる」などと言える間は、どん底ではないというギリシャの哲人が語るような人生哲学など、学ぶべきものが作品中に散りばめられている。
　これで、三作品を訳したが、詩の形式で書かれているシェイクスピアの台詞を散文に訳していては、ただ意味を日本語で説明しているだけにしか過ぎないと学生時代から思っていた。七五調訳シリーズ1の『ヴェニスの商人』と、シリーズ2の『マクベス』では、形式が日本語の詩形には　なったが、（他の翻訳家がされているよりは少しはましだと思うのだが、）これでも古い英語の詩形式の作品をその

まま、七五調の日本語にしているだけのようで、なかなかしっくりとくるものが私の中になかった。

　ところが、この『リア王』においては、リアや道化、乞食に身をやつしたエドガーの台詞には、言いたいことの内容に深いものがあり、リア王はもちろん、道化、トムになったエドガーの台詞には訳すのに大きな許容範囲があった。それを詩形式という型のみならず、内容をいかにして表現できるか、そこが大問題であった。さて出来栄えはどうなのか自分では評価できない。

　訳していて気づかされたことは、主筋と副筋が微妙に絡み合っていて、強烈な一つの本体を形成していることであった。ただ漫然と読んでいたときには分からなかったことが、訳していてよく分かった。それは、劇の途中で主人公のリア王がいなくなってしまったのだ。ところが、それを補完するかのように、グロスターが代役の主人公のように登場し、リア王が最後に狂気となって現れるのだが、そこに至る過程をシェイクスピアはグロスターで描き出している。リア王の悲劇的効果を高めた道化の役も、リア王が消えている間は道化だけで登場させるわけにはいかないので、エドガーがしっかりと代役を務めている。ここにシェイクスピアの偉大さをまざまざと感じ取ることができた。

....

（つぶやき）

　その大きさの中で、いろいろギャグや言葉遊び、連想の遊び、新語を作る遊びなど、演劇の本質を自分勝手に充分楽しませていただきました。言わなくては私の苦労がお分かりいただけないと思い、紙面を借りてやむなく（?）語らせていただきます。

　七五調訳シリーズの１と２は七五調で訳せばいいだけでしたが、この作品では、途中になって道化が「変な（?）歌」を歌い出すのです。そこをそのまま平たく、日本語で変哲もなく訳されている翻訳家もいらっしゃいました。「なんじゃ、これは ?!」と私の反応。「せっかく音の調子が変わっているのに、これはないでしょう！」的な敵対反応。その中で、さすが立派な先生はそこだけを七五調にされていました。となると、これを見た瞬間、この私、この箇所を普通の七五調で済ますわけにはいかなくなってしまったのです。こんな数行を七五調で訳しただけで、してやったりと思われたのなら堪りません。「全部を七五調で訳す私の身にもなってください！」と。

　しかたがないから、ここだけ平たい日本語にしようかな？　そんなの逆にしても、何にもおもしろくもなんともない。「一発やってやろうじゃねえか。ここが江戸っ子、見せどころ！」（生粋の京都人が言うのも変ですが ……）

と、道化の歌の箇所はもちろん七五調のまま、イギリスの詩形式の二行連句（couplet：二行ずつ脚韻を踏ませる方法）で、「頭韻、脚韻、押韻と韻を絡ませ、訳そう！」と意気込んだのです。

　加えて、「みんなみんなひらがなにしたり、勝手な韻を地団駄踏ませたり」（思うように韻を踏ませられないから、ジジイがイジイジしながら貧乏ゆすりをしている姿をご想像ください）して、なんとか「しのぎ切っての／苦労作／自分で買った／苦労遊び」を楽しみながら完成させることができました。

　「演劇」は英語で"Play"。そう、「遊び」です。遊び好きの私の翻訳をお読みくださってありがとうございました。次は、シェイクスピアの 37 作品のうち、残る 34 作品のどれを訳して遊んでみようかとワクワクしています。どうか、次も私の遊び仲間になっていただけますよう、心から願っております。

遊び心バカリの訳者　今西薫

　尚、この作品を出版していただいた風詠社の大杉剛さま、いつも心を込めて編集していただいている藤森功一さま、校正をしていただいた阪越エリ子さま、そして煩雑な作業を快く引き受けていただいた藤井翠さまに感謝申し上げます。

[付録：本文からの抜粋]

この作品にある哲学や政治批判で、私が感銘を受けたもののうち二つ。

グロスター

欲望に　飢えた者らは
貧しき者を　意のままに　へつらわせ
不用とならば　さっさと捨てる
痛みなど　感じずに
苦しさも　見ようともせず
そういう者に　すみやかに
天の威力を　知らしめよ

ゴネリル

〇〇〇△軍は　平和な土地に　侵略し
すでに軍旗を　はためかせ
兜には　羽根飾り付け
この国土　奪い取ろうと　しています
それなのに　あなたはなんと　平和ボケ
「ああ　あのプチ王は　どうしてこんな　非道なことを！」
そう言って　じっと座って　嘆くだけ！

　　クイズ：〇〇〇は何？　〇〇〇△は？
　　（答えはシリーズ4に）

著者略歴

今西 薫

京都市生まれ。関西学院大学法学部政治学科卒業、同志社大学英文学部前期博士課程修了（修士）、イギリス・アイルランド演劇専攻。元京都学園大学教授。

著書

『21 世紀に向かう英国演劇』（エスト出版）

『*The Irish Dramatic Movement: The Early Stages*』（山口書店）

『*New Haiku: Fusion of Poetry*』（風詠社）

『*Short Stories for Children by Mimei Ogawa*』（山口書店）

『*The Rocking-Horse Winner & Monkey Nuts*』（あぽろん社）

『*The Secret of Jack's Success*』（エスト出版）

『イギリスを旅する 35 章（共著）』（明石書店）

『表象と生のはざまで（共著）』（南雲堂）

『詩集 流れゆく雲に想いを描いて』（風詠社）

『フランダースの犬、ニュルンベルクのストーブ』（ブックウェイ）

『心をつなぐ童話集』（風詠社）

『恐ろしくおもしろい物語集』（風詠社）

『小川未明＆今西薫童話集』（ブックウェイ）

『なぞなぞ童話・エッセイ集（心優しき人への贈物）』（ブックウェイ）

『この世に生きて　静枝ものがたり』（ブックウェイ）

『フュージョン・詩 & 俳句集 ―訣れの Poetry ―』（ブックウェイ）

『アイルランド紀行 ―ずっこけ見聞録―』（ブックウェイ）

『果てしない海 ―旅の終焉』（ブックウェイ）

『J. M. シング戯曲集 *The Collected Plays of J. M. Synge*（*in Japanese*）』（ブックウェイ）

『社会に物申す』純晶也［筆名］（風詠社）

『徒然なるままに ―老人の老人による老人のための随筆』（ブック

ウェイ）

『「かもめ」&「ワーニャ伯父さん」―現代語訳チェーホフ四大劇Ⅰ―』（ブックウェイ）

『New マジメが肝心 ―オスカー・ワイルド日本語訳』（ブックウェイ）

『ヴェニスの商人』―七五調訳シェイクスピアシリーズ〈1〉―（ブックウェイ）

『マクベス』―七五調訳シェイクスピアシリーズ〈2〉―（風詠社）

＊表紙にあるシェイクスピアの肖像画は、COLLIN'S CLEAR-TYPE
PRESS（1892 年に設立されたスコットランドの出版社）から発
行された *THE COMPLETE WORKS OF WILLIAM SHAKESPEARE*
に掲載されたものを使用していますが、作者不明のため肖像画掲
載に関する許可をいただいていません。ご存知の方がおられまし
たら、情報をお寄せください。

『リア王』 七五調訳シェイクスピアシリーズ〈3〉

2023 年 1 月 9 日　第 1 刷発行

著　者　今西　薫
発行人　大杉　剛
発行所　株式会社 風詠社
　　　　〒 553-0001　大阪市福島区海老江 5-2-2
　　　　　　　大拓ビル 5 - 7 階
　　　　TEL 06（6136）8657　https://fueisha.com/
発売元　株式会社 星雲社
　　　　　　（共同出版社・流通責任出版社）
　　　　〒 112-0005　東京都文京区水道 1-3-30
　　　　TEL 03（3868）3275
小野高速印刷株式会社
©Kaoru Imanishi 2023, Printed in Japan.
ISBN978-4-434-31447-6 C0097

乱丁・落丁本は風詠社宛にお送りください。お取り替えいたします。